Josepha Mendels

Du wusstest es doch

Quartbuch

Josepha Mendels

Du wusstest es doch

Roman

Aus dem Niederländischen
von Marlene Müller-Haas

Verlag Klaus Wagenbach Berlin

Für Sadi de Gorter

»... Hier sehen wir abermals die unbegreifliche Vorsehung, Vollkommenheit und Ordnung, welche unser Herr, der Schöpfer des Himmels und der Erden, solch winzigen Geschöpfen, welche sich unseren Augen entziehen, hat zuteilwerden lassen, dass dero Geschlecht niemals solle aussterben ...«

Antoni van Leeuwenhoek, in einem Brief
vom 9. Februar 1702 über Rädertierchen

ERSTES BUCH

Formen der Liebe

1
Der Dichter und die Berge

Heute Abend wird der Dichter die Berge wiedersehen.

Der hochaufgeschossene junge Mann, mit dem er sich am Nachmittag verabredet hat, holt ihn ab und reicht ihm ein Paar Stoffschuhe. Der Dichter verabschiedet sich vom Wirt und von dessen halbwüchsiger Tochter. Er drückt dem Mann die Hand und das Mädchen begleitet ihn vors Haus, wünscht ihm eine gute Reise und küsst ihn auf den Mund. Er sagt: »Nicht einmal vier Stunden war ich euer Gast, ich habe allein an einem kleinen Tisch hinter dem Ofen gesessen und gegessen, was ihr mir aufgetischt habt. Als du den Kaffee brachtest und ich dich fragte, wie viel ich dir schuldig sei, hast du geantwortet: Nichts, Sie können Ihr Geld besser brauchen, und: Ich kann Ihnen vielleicht helfen, denn ich weiß, dass Sie nach drüben wollen, und du hast auf die andere Seite der Berge gezeigt, wo das Land liegt, das, mit ein bisschen Glück, in die Freiheit führt. Du hast mir geholfen, vielleicht sehen wir uns einmal wieder.«

Er denkt: Könnte ich nur hier bei dir bleiben und arbeiten und mit und von dir lernen, die Berge zu lieben. Denn der Dichter hat die Berge nie besonders gemocht. Er hatte diese Landschaft, in Gedanken an die sanften Dünenhügel, prätentiös und arrogant genannt.

Der junge Mann sagt: »Wir müssen stramm durchlaufen.« Das ist alles. Zuerst heben sich die weißen Stoffschuhe noch ab, aber dann werden sie braun wie der schmelzende Schnee und mit dem Schnee schwarz wie die Nacht. Der junge Mann hat eine Taschenlampe, und als er bemerkt, dass dem Dichter das

Gehen durch das Unterholz schwerfällt, leuchtet er ihm, reicht ihm manchmal die Hand, immer wortlos.

So vergehen fast zwei Stunden, und gerade als der Dichter fragen will, ob er kurz ausruhen darf, sagt der junge Mann: »Warten Sie«, und zeigt ihm einen Stein zum Hinsetzen, und dort ist ein Stern, der durch die Wolken funkelt, den muss der Dichter immerzu betrachten. Seine Finger tasten seine Arme und Beine ab, als wolle er sich vergewissern, dass es ihn noch gibt, dass er es wirklich ist, Frans Winter, allein und verlassen.

Er grübelt und grübelt, erinnert sich aber nicht, wo er gestern war, vorgestern oder vorvorgestern. Er kommt nur bis zu seinem Haus in Eindhoven, und da erinnert er sich vor allem an das Schloss in der Haustür und dass rings um das Schlüsselloch die Farbe abgeblättert ist. So habe ich die Tür abgeschlossen, sagt er laut, zweimal nach rechts, und er wiederholt die Handbewegung, zweimal nach rechts, und dann habe ich den Schlüssel Marjolijn gegeben, die mit Annette und Kareltje auf der Straße wartete. Danach habe ich sie zu Freunden gebracht, die Glucke mit ihren Küken.

Danach …

Das liegt jetzt alles schon so weit hinter mir, ich weiß nicht einmal mehr genau, wie unser Esszimmer eingerichtet war. Welches Bild hing denn bloß links vom Fenster? Die Landschaft mit der Kuh oder der Sonnenuntergang auf Texel? Annette, hat sie graue Augen oder grüne, und hat Kareltje in der letzten Zeit eigentlich noch in der Wiege oder schon im Kinderbett geschlafen? Meine Ehe mit Marjolijn ist im Lauf der Jahre zu einer guten Gewohnheit geworden, zu etwas, das man gemeinsames Leben nennt, neben dem ich noch mein eigenes Leben hatte: Verabredungen mit Freunden und mitunter eine flüchtige Liebelei. Jetzt bin ich plötzlich ein freier Mensch, nichts als ein Dichter, der vor der Besetzung flieht und dem

Krieg entgegenreist. Ich will alles und jeden in einen geheimen Winkel meines Herzens schließen, die Mutter, Marjolijn, die Kinder, und mein restliches Herz will ich weit öffnen. Vielleicht gelingt es Kareltje ab und zu, sich durch das Schlupfloch zu mogeln, darauf hat er ein Recht, denn was kenne ich von ihm außer seinem Flunsch und dem weißblonden Schopf, der mit jedem Tag heller wurde? Einmal habe ich ihn in meinen Armen gehalten – vier Monate war er damals –, als wolle ich ihn um Vergebung bitten, dass ich ihm in seinem kurzen Kriegsleben zu wenig Vaterliebe entgegengebracht habe. Das werde ich später nachholen. Später, später, werde ich Marjolijn dann noch lieben? Warum denn nicht, all die gemeinsamen Jahre habe ich sie geliebt, bisher ist es keiner anderen Frau gelungen, mir dieses Gefühl zu nehmen. Ganz im Gegenteil. Wann, und wie, werde ich sie alle wiedersehen?

Frei, frei, ich bin frei. Ein neues Leben liegt vor mir …

So sitzt er da auf dem Stein, schaut in die Dunkelheit und vergisst, dass er wartet, und als er »frei« sagt, ich bin frei, da lacht sein Mund. Plötzlich fühlt er den Kuss des Mädchens von heute Abend wieder und das holt ihn in die Wirklichkeit zurück. Er wird unruhig und ruft: »Hallo, hast du mich vergessen?« Dann steht er auf und stößt dabei gegen jemanden. Es ist der lange Bursche, der sagt: »Geben Sie mir Ihre Hand, ich bringe Sie zu unserer Höhle.« Im Schein einer Petroleumlampe steht dort ein zweiter Führer: »Keine Bange, Monsieur, ich habe erst gestern Nacht drei Generälen über die Grenze geholfen. Sie sitzen jetzt schon in Barcelona bei einer Flasche Wein.« Der Dichter bückt sich, tritt in die Höhle und sucht in seiner Brieftasche, um den langen Burschen zu bezahlen. Doch der nimmt die Scheine nicht an und sagt: »Du hattest mir mehr versprochen, ich sollte doch was extra kriegen, weil du deine Schreibmaschine verkauft hast.«

»Ja, ich habe sie verkauft«, gibt der Dichter zurück. Seine Schreibmaschine, sein Werkzeug. Ältere Freunde haben nie verstanden, warum er seine Gedichte immer gleich getippt hat, aber er hat behauptet, nichts sei leichter als das. Jeder könne ein Dichter werden, wenn er nur die richtigen Tasten anschlage. Jetzt steht diese Maschine im Büro eines Krämers.

Er legt noch einen Schein dazu. Der Lange zuckt mit den Schultern und geht. »He du«, ruft der Dichter, »warte mal«, und kritzelt ein paar Worte auf einen Zettel. »Gib das der Wirtstochter.« Der junge Mann nimmt den Zettel und geniert sich nicht, das Briefchen aufzufalten. Er liest: Alles geht gut. Der erste Führer war völlig desinteressiert, er wollte das Geld von meiner Maschine nicht annehmen. Nach dem Krieg werden wir diese Patrioten feiern. Nach dem Krieg will ich Dich wiedersehen.

Und der Lange sagt: »Aber Monsieur, alles, was recht ist, ich setze für Sie mein Leben aufs Spiel.«

Der Dichter gibt keine Antwort. »Du bist müde«, sagt jetzt der andere Führer, »versuch ein wenig zu schlafen, der Weg wird lang und beschwerlich«, und bietet ihm seine Matratze an. Der Dichter setzt sich, zwei Aktentaschen auf dem Schoß. »Zigarette?« »Hübsches Etui«, antwortet der neue Führer und wiegt es in der Hand. »Versilbert oder reines Silber? Wenn es reines Silber ist und du noch ein bisschen was drauflegst, kann ich dich sogar bis kurz vor Barcelona bringen.«

»Das ist nicht nötig, wenn ich nur zum ersten spanischen Dorf komme.«

»Geh jetzt doch mal schlafen.« »Aber ich bin nicht müde.« »Du schleppst viel zu viel mit. Das müssen wir alles tragen. Lass uns zusammen aussuchen, was zurückbleiben kann.« »Nein«, sagt der Dichter, »alles, was hier drin ist, hat für mich einen Wert.« Aber der Schlepper hat schon eine der Taschen in der

Hand und kippt den Inhalt auf die Matratze. Bücher, Papiere und, wahrhaftig, eine goldene Uhr! »Die hättest du besser auch verkauft!« Passfotos, Unterwäsche, und verflixt, auch noch ein nagelneuer Fotoapparat. »Zwei Füller, na Kumpel, du kannst nicht klagen. Was ist denn das? Ein Aspirinröhrchen mit spanischem Geld?«

»Für meine Freunde.« Wenn ich je dort ankomme …

Er hält die zweite Aktentasche ganz fest, denn er fühlt, dass er diesem Mann nicht gewachsen ist. Eigentlich ist ihm Misstrauen fremd und feind, aber heute Abend ist es so, als warne ihn jemand. Sei auf der Hut! Das Sturmsignal aus seinem kleinen Vaterland. Mit den Wassergräben in den Wiesen, und daneben die Kühe, zu träge, um auf die andere Seite zu springen. Aber mit dunklen Nächten wie dieser. »Ich will los«, sagt er zu dem Schlepper, »das hier ist nur Zeitverschwendung. Ausruhen kann ich morgen oder übermorgen.«

Nun folgt er dem Schein der Taschenlampe. Es nieselt, die Pfade sind glitschig und er hat große Mühe, nicht das Gleichgewicht zu verlieren.

Vor, neben und hinter ihm ragen die Berge auf, höher, immer höher. Wann werden sie auf ihn herabstürzen? Der Mond bricht durch die Wolken, eine kleine Scheibe, er kann ein D darin erkennen: letztes Viertel. Neben dem Mond und diesem einen, stetig weiterfunkelnden Stern zeigen sich jetzt ein paar weitere Sterne und das scheint ihm das Laufen zu erleichtern. Da geh ich nun, denkt er, auf dem Weg ins Unbekannte. Ich bin glücklich. Ich muss nur diesem freundlichen Mann mit seinem Licht folgen und alles wird gut. Warum war ich nur so misstrauisch? Er ist ein guter Mensch, er bringt mich weg, und wenn ich ihm noch ein bisschen was drauflege, sogar bis Barcelona, hat er gesagt. Aber das ist nicht nötig, wenn ich nur vor morgen Nacht in einem Dorf ankomme und dort ein Bett habe.

Ich bin ein Mensch, der vor einem anderen flieht. Vor einem ganzen Heer anderer Menschen, die sich Nationalsozialisten nennen. Wenn ich nicht fliehe, sperren sie mich ein. Welches Recht haben sie, einem anderen Menschen die Freiheit zu nehmen? Und warum nehme nicht ich ihnen die Freiheit, warum sorgen meine Freunde und ich nicht dafür, dass sie abziehen müssen? Wenn ich geblieben wäre, hätten sie mich gefunden, darum bin ich geflohen. Ich bin kein Mensch mehr mit einer Nationalität, ich bin ein Flüchtling. Jetzt kann ich meine ganze Vergangenheit vergessen und eine andere auftischen. Meine Landsleute werden mich mit offenen Armen aufnehmen, denn ich will meinem Land dienen. Ich will Matrose werden und auf einem U-Boot fahren.

Der Pfad wird steiler, der Dichter bleibt kurz stehen, während der Führer weitergeht, mit regelmäßigen, immer größeren Schritten. »Warte!«, ruft der Dichter, denn er kann nicht mithalten und hastet voran, um das Licht der Taschenlampe nicht aus den Augen zu verlieren. Jetzt sieht er nichts mehr und trampelt über die Sträucher, unter jedem Arm eine Aktentasche, reißt seine Schuhe an den Steinen auf, bis er endlich etwa hundert Meter vor sich wieder den Schlepper entdeckt, der sich umdreht und mit der Taschenlampe den Pfad beleuchtet. Mit den zwei Taschen fühlt sich der Dichter wie ein abgerissener Hausierer, ramponiert und verschwitzt: Nichts verkauft heute, aber morgen wird es bestimmt besser laufen. »Du musst direkt hinter mir bleiben«, sagt der Mann ärgerlich. »Und gib mir doch dein Gepäck, sonst kommst du nie an.«

Sie gehen jetzt wieder im Gänsemarsch, der Führer trägt alles in einem Jutesack, der auf seinem Rücken hängt. Sein vorgeneigter Körper wirkt wie aus Holz geschnitzt. Doch ein feiner, guter Kerl, denkt der Dichter, und ich bin ein Narr. »Hallo, möchtest du noch eine Zigarette? Lass uns kurz ausruhen.«

»Keine Zeit«, antwortet der Schlepper und dreht sich um, »und schrei nicht so. Siehst du die Mauer dort? Nein, nicht links, rechts vor dir.« Der Dichter versucht, sich im Dunkeln zu orientieren, und entdeckt vage etwas Gelbes. Es hat keinen Sinn zu verneinen, deshalb antwortet er: »Ja, ich sehe eine Mauer.« »Das ist ein Dorf«, flüstert der Schlepper und kommt zu ihm, »ich gehe kurz allein weiter, um nachzusehen, ob dort Polizisten sind. Warte hier auf mich, in zwei Minuten bin ich wieder da.«

2
Ich bin ein Flüchtling

»Meine Schuhe, meine Schuhe!«, ruft der Dichter. Das Scheibchen Mond hat sich wieder hinter den Wolken verkrochen. »Ich habe einen Schuh verloren, meine Schuhe, meine Schuhe!«

In dieser Nacht haben sich auf der Welt Millionen von Wesen in Liebe umarmt, Eier wurden befruchtet und Kinder geboren, Menschen und Tiere sind gestorben. In dieser Nacht haben Frauen und Männer getanzt, Soldaten gekämpft, Unschuldige wurden in Konzentrationslagern ermordet, Diebe sind herumgeschlichen, belauert von einer patenten Polizei; Brände sind ausgebrochen, Schlafende durch Bombardierungen aufgeschreckt, Wissenschaftler haben nach einer totalen Vernichtungsmethode geforscht, Bäume haben ihre Rinde verloren und Pflanzen sind gewachsen; in dieser Nacht haben Kneipenwirte Cocktails geschüttelt, Bäcker Brot gebacken, Metzger tote Tiere zerlegt und Mütter geweint. Kindern ist schlecht geworden, Mädchen wurden entjungfert und Greise haben ihre Impotenz beklagt. In dieser Nacht haben die Uhren aller Länder getickt, Zeitungen wurden gedruckt, Putzfrauen haben Büros gebohnert, Studenten diskutiert und Dichter ihre schönsten Gedichte geträumt.

Träume ich?

»Komm zurück, allein habe ich Angst, komm doch zurück, warum hast du mich so feige im Stich gelassen, du kriegst meine zwei Füller, das spanische Geld und einen Ring! Hallo, hallo, du hast mein Manuskript, du hast meine Schuhe und alles andere, bring mir mein Manuskript zurück, bitte, ich …«

Ich träume!

Ich stehe zwischen den Sträuchern, mein Socken rutscht in den Schlamm; von der Mauer ist nichts mehr zu sehen. Ich schreie nicht mehr, ich sage: Oh Gott, oh Gott, was nun? Zuerst kommt der Hunger und dann der Tod, der Hungertod in den Bergen. Ich rufe doch noch einmal: »Ich hab auch eine goldene Uhr für dich!« »Ich«, antwortet naiv das Echo. Dann ist es still. Eine Stille, die tiefer ist als das Fehlen eines jeden Geräusches, eine Stille, die den Regen zum Schweigen bringt, das Gestrüpp in Gestalten verwandelt, die Dunkelheit vage werden lässt, die meinem Körper feste Formen gibt. Hier sind meine Hände, sie klammern sich um meine Kehle, da ist meine Kehle, ich kann kaum schlucken, sind das meine Beine, meine braven Beine, die mich so weit getragen haben, aber jetzt bei jedem Schritt wegrutschen? Das ist mein Mund, nicht schreien! Meine Augen erspähen durch die Sträucher etwas Gelbes. Ich ziehe meinen Fuß aus dem Morast und laufe, laufe! Mein Mantel bleibt am Gestrüpp hängen. Sei vorsichtig mit dem teuren Mantel, hat Marjolijn gesagt. Mein Socken ist schwer vom Schlamm. Ich wende mich zu dem Gelben, wie die zwei Kinder, die den Himmel suchten, um zu ihrer Mutter zurückzufinden. Ein kleiner Junge und ein Mädchen. Der Horizont hatte sie genarrt, sie kamen nie am Himmel an, sie fielen tot nebeneinander nieder, und so hat sie ein Wilderer gefunden. Wenn ich tot umfalle, bin ich allein. Aber das Gelbe kommt näher, es wird kompakter als ein Strich. Es wird der Dorfeingang sein. Ich kann wieder atmen. Es ist der Führer, der sich verirrt hat, nicht ich. Ich habe ihn im Stich gelassen, nicht er mich. Er wird sich wegen meines Gepäcks doch keine Sorgen machen? Ich rufe, und meine Stimme ist so freundlich, als spräche ich mit Annette! »Mein Freund, ich komme, warte auf mich an der gelben Mauer!«

Die gelbe Mauer ist ein anderer Berg.

Die rote Mauer ist ein anderer Berg.

Alle Mauern sind andere Berge.

Bis eine graue Mauer kommt. Ich taste mit den Händen über den Stein und berühre ein Seil. Ich ziehe, und eine Glocke läutet. Eine Glocke läutet in der Weite einer Nacht! Mein Herz pocht, und bei jedem Pochen ziehe ich wieder am Seil, minutenlang. »Mann in Not!«, rufe ich. »Mann verirrt!« Jetzt werden Leute kommen, Leute in Nachthemden. Gleich bekomme ich Kaffee und werde wissen, ob ich noch in Frankreich bin oder schon in Spanien. Dann ist der Film zu Ende. Ich bin ein guter Schauspieler. Jetzt rufe ich schon im Gleichklang mit den Glocken. Welch ein Abenteuer für einen Mann, der nichts weiter wollte, als Gedichte schreiben und herumsitzen. Mein Arm wird müde, ich setze mich auf einen kalten Stein. Ich ziehe mein Hemd fest um mich und sinke in einen tiefen Schlaf. Dann kommt Marjolijn wieder, die sanfte Marjolijn. Geh weg, rufe ich, ich bin der Held in einem Einakter. Ich muss spielen. Ich habe jetzt keine Zeit für dich. Siehst du nicht, dass ich geschminkt bin? Mit weißer Kreide und wie ein Landstreicher gekleidet. Lass mich doch weiterspielen und störe mich nicht mit deinen liebevollen Worten. Ja, ich liege auf meinem Hemd, es ist mein letztes Hemd, begreifst du das denn nicht, ich liege auf einem Grabstein, meinem Grabstein.

Beim ersten Sonnenstrahl blicke ich mit Grauen auf die alte Grabplatte, überall sind Grabsteine mit Inschriften, die nicht mehr zu entziffern sind. Ich stehe auf, mir tut alles weh. Ringsherum Kohlfelder, dann sehe ich einen Bauernhof. Ich klopfe, zwei-, dreimal, ein Mann öffnet die Tür. Er versteht mich nicht, er will mir nichts geben, nicht einmal Kaffee. Er zeigt nur mit der Hand … geh in die Richtung, und schließt wieder die Tür.

Ich bin in Spanien, zwei Schritte hinter mir liegt Frankreich.

Oh, Grenzen in Friedenszeiten, freudvolle Grenzen, die einen in eine neue Welt führten, der Blick veränderte sich, sobald man sein eigenes Land verließ, es war eine Erleichterung, eine Befreiung.

Ich will jetzt auch mein Gesicht sehen, aber meinen Taschenspiegel hat der Schlepper. Ich laufe, und mit jedem Schritt wird der Himmel heller. Die Sonne bricht durch, und ich laufe und singe und verspüre keinen Hunger. Es gibt viele kleine Pfade, und natürlich nehme ich den falschen, ich klettere mit nackten, blutenden Füßen, aber ich fühle keinen Schmerz. Ich habe keinen Körper mehr, nur eine Stimme. Jetzt werde ich von den Bergen beschützt, die ich einst gehasst habe, weil ich sie nicht verstand. Ich rufe dem höchsten zu: »Ich habe dich ausgesucht; wenn ich auf deinem Gipfel stehe, werde ich mich in die Sonne legen!« Was für ein Tourist, feixt ein Kaninchen, fast nackt mitten im Winter. Und ohne Rucksack, was für ein Tourist, aber trotzdem Vorsicht, und nichts wie weg! Ich gehe lächelnd weiter, immer weiter. Wohin? Zum Frieden des Individuums, zum höchsten Glück. Was das ist? Dazu hat ein Philosoph dreißig Jahre lang jeden Abend einen Eintrag gemacht, er wird noch zehn Jahre damit fortfahren und dann ein Buch darüber schreiben, um zu dem Schluss zu kommen, dass es der Friede ist, der innere Friede, das Einssein mit der Natur, die Gedanken ohne Tun, ein Körper ohne Lüste. Bereite ich mich jetzt etwa auf den Tod vor? Es ist nicht mehr nötig, das Gift zu nehmen, das ich für die Reise eingepackt habe. Ich kann es jetzt wegwerfen. Ich greife in meine Tasche. Aber es ist im Sack des Schleppers …

Höher, und höher! Die Sonne ist heiß. Ich ziehe meinen Mantel aus, dann den Pullover und lache, als ich beides ins Tal werfe. Ich winke, lebt wohl, lebt wohl! Höher! Habe ich etwa einen meiner Zehen verloren, da ist Blut, überall Blut. Werde ich im Wahnsinn sterben oder einfach einschlafen? Dann stehe ich auf dem Gipfel. Die Landschaft ist schöner, als ich je eine sah. Ich recke mich. Meine Finger liebkosen blaue Glöckchen, blaue Glöckchen im Winter. Ich kapituliere.

Ich schlafe, wie ich von Kindesbeinen an geschlafen habe, ruhig und an einem Stück. Ich bewege mich nicht, und auch ohne Wecker wache ich nach sieben Stunden auf. Ich wache auf wie immer, ich reibe mir die Augen, gähne und setze mich auf, recke meine Glieder und erhebe mich. Die Landschaft um mich herum überrascht mich nicht, nicht einmal die grünen Wiesen, die ich im Tal erblicke. Das einzig Störende ist der Hunger, und meine schmerzenden Füße. Der Abstieg geht schnell, ich bin so leicht, ich schwebe hinab und stehe unverhofft vor einem Bauernhof, so einem wie in den Märchen von Mutter Gans, Felsen hier und Felsen da und überall Kinder, braune Kinder, die meisten mit einem Finger im Mund. Eine Frau in einer offenen Tür winkt mir, gibt mir die Hand und stellt mir einen Stuhl hin. Die Kinder stellen sich rings um mich auf und ich bekomme in einem Suppenteller warme Milch, warme Milch mit Zucker, als wäre ich eine Katze, vielleicht werde ich auch eine, denn ich schlafe mit dem Kopf zwischen den Beinen einfach ein.

Der Flüchtling hat verschiedene Formalitäten zu erledigen. Er wird ausgefragt, und eine junge Spanierin übersetzt für ihn. Aus Laxheit sagt er die Wahrheit. Schließlich war das Mahl zu reichlich, um sich Lügen ausdenken zu können. Der Beamte liest seinen Bericht vor. Kein Wort davon stimmt. »Gut?«, fragt er lachend. Der Dichter nickt zustimmend. Sie bringen ihm Socken und neue Stoffschuhe, Schnäpse und Zigaretten. Die Kinder werden weggescheucht und der Bürgermeister wird informiert. Er kommt, er spricht ziemlich gut Französisch und erzählt vom Krieg von 1914. Der Flüchtling hört zu, er fühlt sich wie im

Urlaub. Da sitzt er jetzt in Spanien, und wer weiß, wo es noch hingeht. Ja, wer weiß! Er bekommt auch Mandarinen und Schokolade. Dann klettert er auf einen Lastwagen, und als sie ihm die Hand reichen, um herunterzuspringen, öffnet sich ein großes Tor, das gleich wieder geschlossen wird. Das Gefängnistor.

- Im Fernglas -

Frans Winter ist ein Mann wie andere Männer, obwohl er auch ein Dichter ist. Er hat alle Hebel in Bewegung gesetzt, um wieder aus dem Gefängnis herauszukommen, und er hat es geschafft. In Madrid hat er die niederländischen Behörden aufgesucht. Sie haben ihm Geld gegeben, um sich einzukleiden, aber weil Marjolijn weit weg ist und er ein neues Leben anfangen wird, hat er viel getanzt und noch viel mehr andere Dinge getan, sodass er schließlich ohne Unterhose und mit zerknittertem Baumwollanzug an Bord des Klippers gegangen ist. Nach seiner Ankunft in England hat jeder gesagt: »Sie müssen ein Buch schreiben, über alles, was Sie mitgemacht haben.«

Er hat mit den Schultern gezuckt und geantwortet: »Wer über so ein Abenteuer ein Buch schreibt, beweist nur seine totale Oberflächlichkeit. Nicht, was ich erlebt habe, ist wichtig, sondern wie ich darauf reagieren werde. Ob die Habgier und der grenzenlose Egoismus in den Gefängnissen bleibenden Einfluss auf mich haben werden. Oder ob mich die Korruption der Behörden, der ich in Madrid sechs Monate lang ausgesetzt war, zum Anarchisten machen wird. Ob ich dann noch dichten, noch lieben kann. Und ob ich einmal begreifen werde, dass El Greco, Velazquez und Goya Christus gemalt haben, alle drei einen Christus, in dem sie ihr eigenes Antlitz, veredelt, wiedergefunden haben.«

3
Das verwöhnte Ohr und die vergessene Niere

Als er noch ein kleiner Junge war, wurde ihm an einem Frühlingstag sein Ohr untreu. Es begann zu stechen und zu brennen und hörte nicht mehr, nicht einmal mehr auf seinen eigenen Namen. Wollene Tücher und heiße Tropfen kamen zum Einsatz. Dann schlug auch das rechte Ohr den Weg des Verrats ein.

So lag Frans Winter lange Monate in seinem Bett und schaute. Seine Augen wurden größer und größer, und er schaute, als ob er lausche. Der Wecker stand neben seinem Bett, und wenn die Mutter das Zimmer verließ, hielt er ihn an sein Ohr und ballte die Fäuste (bleiche, magere Fäuste). Aber die Töne blieben aus. »Wo bleiben sie denn bloß?«, fragte er seine Mutter. Sie antwortete: »Sie gehen in die Bäume, und die Vögel picken sie auf und singen damit. Sie singen so lange und üben so gut – und das alles für dich –, damit du ihnen zuhören kannst, wenn deine Ohren nicht mehr dem Arzt gehören, sondern wieder dir.«

Also hat er angefangen, die Vögel zu beobachten, und hat sie durchs offene Fenster gelockt. Zuerst wollten sie nichts von ihm wissen; dann hat er seine Brote, die das Dienstmädchen Aaltje sonst für ihn aufaß, aufgehoben und damit an einem Nachmittag, als seine Mutter außer Haus war, die weiße Tagesdecke vollgekrümelt. Die Vögel sangen, aber er hörte es nicht, seine Ohren glühten, aber er spürte es nicht. Er sah nur, wie die Vögel näher kamen, und blieb liegen, ohne auch nur einen Finger zu rühren. Es waren ganz gewöhnliche Spatzen mit schmutzig grauen Federn und wachen Augen. Ein ganz kleiner traute sich zuerst und pickte vorsichtig ein Krümelchen weg, das in einer Falte seiner Decke lag. Er dachte: Jetzt redet er mit den anderen, denn er sah, wie sich der kleine Schnabel bewegte. Er sagt vielleicht: »… ihr könnt ruhig zu dem kleinen Jungen kommen, es ist nur ein kleiner kranker Junge, er kann nicht mehr aus seinem Bett springen, wie er es früher tat, denn er muss ruhen. Kommt doch her, er tut euch nichts. Er hat zwar schon mal einen Wurm zerquetscht, aber das ist schon sehr lange her, und auch Vögel fressen Würmer, er hat auch schon mal eine Fliege getötet, aber die kämpfte auf einem Fliegenfänger um ihr Leben. Er hat auch mal ein Mädchen geschlagen, aber das war doch nur ein Mädchen, er hat auch Aaltje gekniffen, weil sie dann so kreischt, aber uns wird er nichts tun. Kommt doch, kommt doch her! …«

Drei, vier, fünf hüpfen jetzt über die weiße Decke, und dann passiert etwas. In seiner Hand ist noch ein Bröckchen Brot übrig geblieben, und der erste Spatz hat es mit dem Schnabel weggepickt. Er ist nicht erschrocken, hat aber dann doch zu weinen angefangen; darauf ist Aaltje ins Zimmer gekommen und die fing so laut zu schreien an, dass ihm nicht einmal auffiel, dass er wieder hören konnte.

Sein linkes Ohr war wieder gesund, aber sein untreues rechtes hat nie mehr ein Wort aufgeschnappt.

»Das ist dein verwöhntes Ohr«, hat seine Mutter gesagt, »es muss nie mehr arbeiten, es muss nie mehr hören.«

Sie war schon immer ein handfestes Mädchen, wie man das in ihrem Heimatstädtchen nannte. Am liebsten spielte sie mit den Jungen und raufte mit den Mädchen. Einmal hat sie Catootje de Lange mit dem Bleistift die Wange zerkratzt und Sofia van Tengeren so verprügelt, dass sie blaue Flecken auf dem Rücken bekam. Daraufhin sind Mevrouw de Lange und Mevrouw van

Tengeren, zuerst jede für sich, zum Schulleiter gegangen, der aber nur zu ihnen sagte: Das Mädchen ist zu stark für ein Mädchen, sie hätte ein Junge werden müssen. Mehr hat er nicht gesagt. Daraufhin sind Mevrouw de Lange und Mevrouw van Tengeren zusammen (sie hatten sich beim Schulleiter kennengelernt und waren mit seiner Antwort überhaupt nicht zufrieden, Mevrouw de Lange meinte, das sei die Antwort eines jungen Flegels), sie sind also zusammen zur Mutter von Henriëtje Bas gegangen, um sich zu beschweren. Die Mutter sagte: »Ja, Henriëtje ist fast ein Junge, und es tut mir sehr leid, ich werde sie zur Rede stellen.« Und sie hat den beiden Damen, Honoratiorengattinnen, eine Tasse Tee angeboten.

Dann kam völlig ahnungslos Henriëtje ins Zimmer.

»Mutter«, hat sie gefragt, »erlaubst du mir, mit Fritz radzufahren? Auf dem Gepäckträger?«

Bevor ihre Mutter antworten konnte, hat Mevrouw de Lange den Kopf geschüttelt, worauf Henriëtje sie angesehen und gesagt hat: »Ich bin nicht deine Tochter.« Darauf hat die Mutter sie kurzerhand, denn die Damen schienen nicht einfach zu sein, aus dem Zimmer geschickt. Das war sehr vernünftig, denn Mevrouw van Tengeren hatte bereits ihren Handschuh ausgezogen. Aber damals war Henriëtjes Mutter noch vernünftig. Und Henriëtje machte trotzdem ihre Radtour.

Bis zu ihrem sechzehnten Geburtstag blieb sie ein handfestes Mädchen. An diesem Tag stürzte sie bei einer Schneeballschlacht zwischen den Mädchen der Höheren Handelsschule und den Jungen von der Handelstagesschule und fiel dabei auf etwas Scharfes. Ihr Blut strömte rot auf das makellose Weiß und sie spürte, dass in ihrem Mund etwas gebrochen war. Ihr fehlten zwei Zähne. Als sie aufstehen wollte, tat ihr die Niere weh und sie musste deshalb viele Monate lang Bettruhe halten. Der Arzt wollte sie nicht operieren und ihre Niere ist nie mehr geheilt. Früher, wenn sie sich beklagte, wurde sie ausgelacht: »Sei doch nicht so wehleidig, Henriëtje. Du willst bestimmt nur wieder verwöhnt werden!« Und deshalb hat sie nicht mehr darüber gesprochen, musste aber immer, wenn der Schmerz kam, an ihre vergessene Niere denken.

Frans Winter, dessen verwöhntes Ohr von seiner ganzen Familie offiziell anerkannt wurde und der, umhegt mit der zärtlichsten Fürsorge, großgezogen, aber nicht erzogen wurde, sitzt an einem Septembertag, im ersten Herbst nach seiner Flucht, im Londoner Hyde Park. Die Bänder seiner Matrosenmütze flattern im Wind. Er steckt sich eine »Players Please« an, streckt die Beine aus, holt eine Scheibe Brot aus seiner Tasche und verstreut ringsum Krümel. Er sieht die Vögel näher kommen und fühlt sich wieder wie damals, wie der kleine kranke Junge. Im Park ist es still; er legt seine Hand auf die Banklehne, und die Vögel kommen dahin, picken in seine Haut und fliegen wieder weg. Sie verfolgen sich, sie streiten um das Brot und tauchen ins Gras ab, und er fragt sich, ob es auch hier wieder der dritte sein wird, der am Ende das Bröckchen in seinem Schnabel hoch in die Lüfte mitnehmen wird. So sitzt er da, und die Jahre der Krankheit ziehen an ihm vorüber. Trübe Erinnerungen in weißen Laken, ein Spiel mit Fieberthermometern, mit bunten, mit schlecht schmeckenden Pülverchen gefüllten Schachteln, Verbandsmull und Watte. Jetzt liegen die beiden Ohren eng an seinem Kopf an. »Ich habe noch nie einen so merkwürdigen Kopf gesehen«, hat ihm einmal ein Bildhauer gesagt, »deine Ohrmuscheln verstecken sich wie Küken unter den Flügeln der Glucke.« Er fühlt sich oft nicht gesund. Er fürchtet den Tod, und er liebt ihn. Er bezeichnet sein Leben als langsames Sterben von etwas Ungreifbarem, das sich hätte entfalten müssen. Andere sagen: »Aber es ist auch für uns ein langsames Sterben.«

Er starrt vor sich hin und denkt: Es ist nicht dasselbe, denn die einzig richtige Haltung, die ich einnehmen kann, ist, so zu tun, als sei ich wie alle anderen. Wenn sie dahinterkommen, dass ich eigentlich beschädigt bin, werfen sie mich aus der Marine, noch bevor ich ein Schiff gesehen habe!

Henriëtje Bas schlendert mit ihrer noch immer inoffiziellen Niere durch den Londoner Hyde Park. Das macht sie jeden Abend, nachdem sie das Büro verlassen hat. Und das wird sie so lange tun, bis sie wieder nach Amsterdam zurückgeht. Wann das sein wird? Sie ist jetzt schon mehr als ein Jahr in London und der Krieg hat für sie keine Abenteuer gebracht. Eine unkomplizierte Überfahrt und gleich eine Stelle. Für das Militär hat sie sich nicht mehr jung genug gefühlt. Und warum sollte sie nach so vielen Jahren ihre Niere offiziell machen? Ich habe es gewusst, denkt sie, als ich Holland Lebwohl sagte, dass es für mich nur eine Stadt gibt, in der ich glücklich war, in Amsterdam, wo ich verstanden habe, was Freiheit ist. Hier bin ich der Sklave einer Metropole. Rechtzeitig ins Kino, rechtzeitig zum Friseur, rechtzeitig ins Bett, rechtzeitig wieder aufstehen. Dort führte ich ein Vagabundenleben, zog manchmal wochenlang durch mein Land, um dann wieder monatelang regelmäßig zu arbeiten.

Hier bin ich einsam, dort war ich allein …

Sie setzt sich auf eine Bank, steckt sich eine »Players Please« an, streckt die Beine aus und beginnt zu singen: »Drei kleine Knirpse, die saßen auf 'nem Zaun, ganz oben auf 'nem Zaun, drei kleine Knirpse, die saßen auf 'nem Zaun, an einem wunderschö-hö-nen Tag im September!«

Frans Winter sieht sich verwundert um und ruft: »Ein Lied meiner Mutter, wer singt denn hier das Lied, das meine Mutter immer für mich gesungen hat, wenn mein verwöhntes Ohr wehtat?«

»Ich«, sagt eine Stimme. Er sieht niemand. »Wo steckst du, zeig dich doch!« Sie kommt zum Vorschein. Nicht schön, urteilt er mit dem Tempo eines Matrosen, der keine Zeit zu verlieren hat, und was für ein blöder Hut! Aber sie hat ganz ansehnliche Beine.

»Wer bist du?«

»Und wer bist du?«

»Ich bin ein Marineoffizier in spe, das wirst du doch wohl sehen!«

»Und ich eine künftige Büroleiterin.«

Sie setzt sich neben ihn. Ein kleiner Junge, denkt sie, mit einem Babymund, aber die Mütze mit den Bändern steht ihm gut!

Nachdem sie sich eine Weile unterhalten haben, findet er, dass sie eigentlich doch ein nettes Gesicht hat, und sie hat neben dem Babymund phantasievolle Augen entdeckt. Er schlägt vor, irgendwo etwas trinken zu gehen. In der kleinen Bar sitzen sie nah beisammen. Bisher hatte sie der Zufall an seine linke Seite platziert, nun sitzt sie rechts neben ihm, auf der Seite des verwöhnten Ohrs, und er versteht kein Wort mehr. Sie bemerkt, dass er nicht oder falsch reagiert, und wendet sich ein bisschen verlegen ab. Hat er schon genug von ihr? Er erzählt ihr mit einer für ihn ungekannten Offenheit von dem verwöhnten Ohr. Sie schweigt über ihre vergessene Niere und hört zu, und er nimmt ihre Hand und drückt einen Kuss darauf.

»Freundschaft?«, fragt er. Sie nickt zustimmend.

»Liebe?«, fragt er. Sie antwortet: »Noch nicht.«

»Lieb zueinander sein?«, fragt er nach.

Sie zieht ihre Hand zurück, »Du bist genau wie alle anderen«, und steht auf. An der Bushaltestelle sieht er sie lange an, und während sie denkt, dass er seinen Vorschlag noch einmal wiederholen wird (worauf sie ihm dann vielleicht einen Kuss auf ihre Wange erlaubt hätte), sagt er: »Guten Abend, vielen Dank«, und *»redevenez anonyme«*. Dann flattern die Bänder wieder im Wind, aber nicht mehr neben ihr.

Im Bus stehend, zählt sie, auf den Rand einer Zeitung kritzelnd, ihre Freunde auf. Einen, zwei, drei, sie kommt auf vier. Nein, fünf, fast hätte sie Flip vergessen, den guten Flip, dessen Erste sie war. Aber das ist schon ein paar Jahre her. Und zwei kriegen ein extra Kreuzchen hinter ihren Namen: Peter und Harrie, denn die hat sie geliebt. Die anderen Lieben waren flüchtig. Der kleine Matrose, der hat ihr schon nach nur einem Abend nicht einmal mehr die Gelegenheit gegeben, eine flüchtige Liebe zu werden. Die Jugend von heute, spottet sie. Er hat bestimmt gedacht, alles oder nichts! Aber er ist ein netter Junge. Warum nur hat er gesagt: *»redevenez anonyme«*?

Warum habe ich das gesagt, fragt sich Frans nach seinem dritten Whisky. Es wird zwangsläufig sein letzter, denn er hat kein Geld mehr. Ich hätte doch gut noch einen Abend Geduld haben können. Jetzt ist sie weg. Jung war sie nicht mehr, aber ich mag reife Frauen. Man kann von ihnen noch etwas lernen, man kann mit ihnen reden.

Jemand setzt sich neben ihn. Sie sagt etwas. Er antwortet nicht. Sie fragt, ob er mitkommen wolle, sie habe ein französisches Bett, im Stil von Louis-quinze, mit einem Himmel. »Wo hast du das denn her?« »Gefunden.« »Auf der Straße?« »Nein, in einem Haus, das leer stand.« »Wie hast du es transportiert?« »Ich habe mich draufgelegt, und dann haben sie mich samt Bett oben auf einen Autobus gestellt. Komm, trink noch was, du siehst so traurig aus.«

Sie streichelt seinen Matrosenkragen, das bringt Glück.

»Hör auf«, sagt er. Sie streichelt sein Haar. »Hör doch auf«, sagt er wieder. »Komm mit.« »Ich habe kein Geld.« »Das ist egal.« Er steht auf, und sie bezahlt ihm einen vierten Whisky. Sie ruft ein Taxi. »Nein, ich habe keine Lust.« »Na komm schon, Junge, morgen bist du auf See.« Da sieht er sie zum ersten Mal an. Sie ist noch jung, hat gebleichtes Haar und ein durchscheinendes Gesicht. Zwei Reihen grauweißer, falscher Zähne.

Sie halten in einer Gegend, die er nicht kennt. Wieder bezahlt sie und nimmt ihn mit nach oben.

»Wo ist das Bett?«, fragt er. »Hier«, sagt sie und zieht in dem kleinen Zimmer einen Vorhang beiseite. Er sieht ein eisernes Bettgestell mit einer gehäkelten Überdecke. »Du hast also gelogen!« »Komischer Kerl, du bist betrunken. Zieh dich mal aus, dann machen wir ein schönes Schläfchen.« »Finger weg!«, ruft er, als sie beginnt, den Knoten seines Matrosenkragens zu lösen, »lass die Finger weg oder ich werde dich gleich, du dreckige Lügnerin! Wo ist denn dein Louis-qinze-Bett?« Sie lacht laut auf und beginnt sich auszuziehen. Er, auf einem Stuhl, starrt sie an. Zwei dünne Arme kommen zum Vorschein, mit viel dunklem Haar unter den Achseln. Er denkt an den Geruch. Dann zieht sie sich den Unterrock über den Kopf. »Operiert«, sagt sie, »eine hässliche Narbe, und schau mal, ein Büstenhalter mit einer Brusteinlage. So was hast du bestimmt noch nicht gesehen!«

Er steht auf, er muss sich am Stuhl festhalten, um auf den Beinen zu bleiben. »Zieh dich an, zieh dich doch an!«, schreit er, »ich will es nicht sehen!« Aber sie stellt sich mit ihrem verunstalteten Körper direkt vor ihn und ergreift seine Hände. In diesem Augenblick hat sie mehr Kraft als er. »Fühle«, sagt sie, »fühle, an dieser Seite eine richtige Frauenbrust, und dort ist nichts mehr. Sie haben sie abgeschnitten, verstehst du? Und ich habe im Krankenhaus gelegen und bin später vor Armut krepiert, krepiert, bis ich eine Möglichkeit gefunden habe, einen Haufen Geld zu verdienen. Willst du wissen, wie?«

Er reißt sich los. »Lass mich gehen!«, ruft er und läuft zur Tür. Sie ist abgeschlossen. »Gib mir den Schlüssel!« Er greift nach ihrer Tasche, sie ringt mit ihm und presst sich an ihn. »Hab doch Mitleid mit mir«, sagt sie, »ich bin noch so jung, und wenn du die Augen zumachst, merkst du nichts davon.«

Daraufhin stößt er mit dem Ellbogen die Fensterscheibe ein und schreit: »Hilfe, Hilfe, eine Brusteinlage!«

Von draußen wird an die Tür gehämmert. »Mach auf, mach sofort auf!«

»Feigling«, sagt sie und steckt den Schlüssel ins Schloss. Da steht ein alter Mann mit geballten Fäusten. »Du Schlampe, hast du noch nicht teuer genug dafür bezahlt!« Die Straße liegt verlassen da und er steigt über die Glasscherben und irrt stundenlang umher, bis er wieder zu seinem Hotel zurückfindet.

Trotzdem ist er am nächsten Morgen rechtzeitig im Marinehauptquartier. Ein Liftboy darf nicht zu spät kommen! Der Konteradmiral ist sein erster Kunde.

Höflich hält Frans die Tür auf, lässt ihn eintreten. Nach ihm kommt niemand mehr. Frans schaut auf die goldenen Rangstreifen, ein sonniger Fleck an einem trüben Tag, und streicht dann mit den Fingern über die Aufzugknöpfe. Der Lift fährt nach oben, bleibt jedoch auf halbem Weg stehen. »Was soll das?«, fragt der Konteradmiral, »fahren wir nicht weiter?«

»Ich möchte gern umsteigen!«, sagt Frans.

»Eine solche Antwort steht Ihnen nicht zu, verstanden? Und Sie scheinen mir nicht geeignet für Ihre Tätigkeit. Wie ist Ihr Name?«

»Sie verstehen doch sicher, dass ich zur See will und nicht gekommen bin, um hier den Laufburschen zu spielen. Als man mich für tauglich erklärt hat, wurde mir versprochen, dass ich bald in See steche. Darauf warte ich schon seit drei Wochen.«

Der Konteradmiral sieht ihn sich an. Ein adretter Bursche, denkt er und sagt: »Ich werde Sie erneut mustern lassen. Aber was haben Sie jetzt mit dem Lift vor?«

»Ich probiere alle Knöpfe aus. Ich bin leider kein gelernter Techniker.« Da saust die Kabine plötzlich mit Karacho nach unten. Frans hält die Tür auf: »Auf Wiedersehen.«

»Ich werde dafür sorgen, dass man Sie heute Nachmittag bei der Musterung vorlässt.«

»Vielen Dank«, antwortet Frans.

»Ein Brief für dich«, sagt ein anderer Matrose, »adressiert an den Liftboy hier, mit den großen blauen Augen, der auch fließend Französisch spricht.« »Für mich?« Frans ist überrascht. Es ist so lange her, dass er einen Brief bekommen hat, abgesehen von offiziellen. Er liest: Warum *»redevenir anonyme«*? Ich würde Dich im Gegenteil sehr gern ein bisschen besser kennenlernen. »Drei kleine Knirpse.« Darunter ihre Büroadresse.

Er hängt »*Lift not running*« an die Tür und geht.

Zehn Minuten später steht er vor ihr. Ohne Hut sieht sie jünger und netter aus. »Danke für den Brief«, sagt er, »ich bin froh, dass du mir geschrieben hast. Wir werden bestimmt gute Freunde, meinst du nicht auch?«

Sie lacht und denkt: Ich hätte Lust, ihn zu küssen.

Er gibt ihr eine warme Matrosenhand. Um nichts auf der Welt hätte er sie jetzt noch mehr berührt, obwohl sie in einem Nebengang stehen, verdeckt von hohen Schachteln, auf denen in schwarzen Lettern »Geheim« steht.

Der Musterungsarzt untersucht ihn noch einmal gründlich. Wird das so sorgfältig dissimulierte Ohr dieses Mal doch entdeckt? »Ziehen Sie sich wieder an«, sagt der Arzt, und Frans ist schon erleichtert, doch dann setzt er noch hinzu:

»Aber Sie haben merkwürdige Ohren, sie sind fast nicht zu sehen.«

»Schön, nicht wahr?«

»Das ist eine andere Frage, aber mir scheint, damit könnte etwas nicht stimmen. Kommen Sie doch noch mal kurz hierher.«

Immer und überall dieselben bekannten und verhassten Geräte. Das verwöhnte Ohr hat mich verraten. Lebwohl, Matrosenmütze mit den flatternden Bändern! Lebwohl, weite See, auf der ich den Feind aus der Ferne mit einem Gewehr hatte beschießen wollen. Dieser Teil des Kriegs ist nicht für mich bestimmt. Jüngere, Gesündere, werden an meine Stelle treten. Das verwöhnte Ohr gibt keine Antwort auf die Worte, die ihm der Arzt zuflüstert. Als er lauter spricht, schweigt es noch immer. Und als er schreit, geht es mit Frans zur Tür hinaus, geradewegs zur vergessenen Niere.

4
Rädertier und Wichtel

Er wartet auf sie bei ihrem Büro. Viele junge hübsche Mädchen kommen aus dem Haus und lachen ihm freundlich zu, weil man in Kriegszeiten nun mal zu jedem Soldaten freundlich sein muss. Das haben all die jungen hübschen Mädchen begriffen, ohne dass man es ihnen jemals gesagt hätte. Denn ein Soldat ist ein Wesen, das heute nicht weiß, ob es morgen noch lebt. Und dem Herrn, der gerade das Bürogebäude verlässt, ergeht es zwar genauso, aber sein Risiko, sich morgen definitiv vom Leben verabschieden zu müssen, ist trotzdem geringer als das eines Matrosen. Frans denkt mit Wehmut daran, dass dieser Anzug für ihn nichts weiter ist als eine Verkleidung.

Da kommt Henriëtje lachend mit einem Mann heraus, und er presst sich an die Wand, um nicht gesehen zu werden, doch zu spät! Sie läuft auf ihn zu, ist überrascht und der Mann zieht den Hut und verschwindet. Wieder findet er sie hübscher als am Morgen, jünger, netter.

»Wo gehen wir hin?«, fragt sie.

»Zum Chinesen«, sagt er. »Herrlich, das mag ich.« Er reicht ihr den Arm, sie geht wie von selbst links von ihm. Dann nehmen sie die »Underground«, und es trifft ihn, wie sie lieber wartet, bis der Eingang frei ist, als hinter einer sich langsam voran bewegenden Schlange gehen zu müssen, um dann schnell über die freie Treppe nach unten zu laufen.

Selbstständig, denkt er, schwierig. Aber nach drei Abenden habe ich sie doch. Ihre Hüften bewegen sich so, dass Frans den

Kopf abwendet. Du wirst bestimmt wieder alles vermasseln, sagt er sich. Frauen wollen nun mal, dass man sich um sie bemüht, was für ein Unsinn eigentlich. Wie einfach wäre das Leben, wenn ich in eines dieser Notbetten steigen könnte, die hier unten überall auf den Bahnsteigen aufgestellt sind, um Schutzsuchenden bei Luftangriffen eine Nachtruhe zu bieten, in eines der oberen Betten natürlich, und sie in meine Arme nehmen könnte. Würden sich viele Leute darum kümmern? Nur die Schmutzfinken, die Unreinen und die Kinder. Wie die Bauernburschen und Bauernmädchen einer Kuh zuschauen, den Schweinen, und manchmal sogar mithelfen, so könnten die Zuschauer sie hochheben und zu mir auf die Sprungfedern schieben. Um dem britischen Königreich einen Untertan zu schenken! Nietzsche, Nietzsche, alter Junge: *Wer sich selbst verachtet, achtet sich doch immer noch dabei als Verächter!*

Er ist still, denkt Henriëtje, aber das finde ich gerade angenehm. Sein Kindergesicht hat so einen sanften, vergnügten Ausdruck. Wie es wohl bei der Liebe aussieht?

Im Restaurant bestellen sie ihnen unbekannte Speisen. Frans achtet nicht auf den Preis. Er kann ohnehin nicht bezahlen und wird wohl irgendeinen Soldaten neben, vor oder hinter sich anpumpen müssen.

»Oh!«, ruft Henriëtje, »sieh nur!« Und sie spuckt einen Nagel aus. »Ich hätte ihn fast verschluckt. Und dann, was wäre dann passiert?« Sie schiebt ihren Teller weg.

»Du wärst daran gestorben. Sie hätten dich vergeblich operiert, denn der Nagel hätte sich verirrt, und dein Leben wäre in einem chinesischen Restaurant zu Ende gegangen. Du würdest nicht mehr in dein Zimmer zurückkehren, und deine Zimmerwirtin würde warten und warten; sobald sie sich sicher wäre, dass du nicht mehr nach Hause kommst, würde sie zu schnüffeln anfangen. Vielleicht würde sie dann in deinem Tagebuch auf ihr eigenes Urteil stoßen. Und sie hätten dich auf einem protestantischen oder katholischen Friedhof begraben.«

»Auf einem jüdischen«, sagt Henriëtje.

»Auf einem jüdischen«, wiederholt er, »meinetwegen. Aber du lebst noch, du bleibst vorläufig am Leben. Ein komischer Tod wäre das gewesen, gestorben an einem rostigen Nagel in einer chinesischen Suppe, spendiert von einem unbekannten Matrosen.«

D.H. Lawrence und Rosamond Lehmann haben beide geschrieben, wie idiotisch es klingt, wenn man seinen eigenen Namen ausspricht. Als Frans Henriëtje nach ihrem Namen fragt, antwortet sie: »Gib mir einfach einen Namen.«

Ohne nachzudenken, sagt er: »Wichtel.« Und dann noch einmal: »Wichtel ...«

»Warum?«, fragt sie. Er spricht das Wort sehr merkwürdig aus, mit der Betonung auf der zweiten Silbe, sie will, dass er es noch einmal wiederholt.

»Wich-tel«, sagt er darauf erneut und reicht ihr über das Bami hinweg die Hand. »Aber höre mir mal zu: Willst du mein Wichtel werden?«

»Gern«, antwortet sie ohne Weiteres.

»Daheim in unserem Garten stand ein Wichtel aus Stein«, sagt er. »Alle Kinder aus dem Viertel hatten Angst vor ihm, er hatte so feuerrote Wangen und in seinen Augen war so viel Braun. Später, als sie größer wurden, haben sie ihn als Kleiderständer benutzt, aber ich habe immer gewusst, dass er das überhaupt nicht mochte. Er war mein Freund, nein, das ist nicht richtig, sie war meine Freundin. Denn wenn ich abends in den Garten schlich, während meine Mutter meinte, ich schliefe, dann fühlte ich mich, als ginge ich zu einem Mädchen, das ich liebe.«

Sie fragt: »Warum bist du denn abends zu ihr gegangen?«

»Weißt du«, sagt er, »kleine Jungs haben manchmal so große Angst. Ich schlief immer mit einem Nachtlicht, weil in den Zimmerecken sonst Teufel lauerten, die sich auf mich stürzten. Beim Schein des kleinen Nachtlichts blieben sie weg. Doch dafür kamen dann sonderbare Blumen, die mich mit ihren Stängeln berührten. Und während ich enthusiastisch vollbrachte, was alle kleinen Jungs auf der ganzen Welt vollbringen, verschwanden die Blumen und die Stängel wieder, aber wenn ich dann wieder allein war, wollte ich reden, darüber reden. Und ging deshalb zu meinem Wichtel. Die hörte mir zu, während ich ihr alles erklärte: Ich will nicht, und ich will es doch, es ist wie mit einem Stück Schokolade, das mir verboten ist; wenn ich es doch nehme und aufesse, überkommt mich danach so ein unangenehmes Gefühl.

Ja, das Wichtelchen hörte zu, kommentierte aber nichts. Und ich streichelte ihre feuerroten Wangen und küsste ihren kalten, feuchten Bauch. Und ich warf einen Cent vor ihre Füße. Verstehst du jetzt, warum ich dir diesen Namen gegeben habe?«

Sie nickt. Wieder reicht er ihr die Hand, diesmal über den Reis mit Curry und Huhn.

»Warum erzähle ich dir das alles bloß schon beim ersten Mal? Es musste vielleicht einfach sein. Und mich, wie nennst du mich, Wichtel?«

Sie denkt kurz nach; sie hat große, starke Hände, die sie jetzt vor ihr Gesicht hält. Während sie ihn nicht sehen kann, fühlt er in seiner Tasche, vielleicht steckt irgendwo noch eine verirrte Pfund-Note.

»Rädertier«, sagt sie dann, »du bist ein Rädertier. Die Männchen dieser kleinen Tiere, die sich durch schwingende Bewegung ihrer Flimmerhaare im Wasser fortbewegen, sind selten und etwas kleiner als die Weibchen. Sie ziehen sich zusammen, um dünner zu wirken. Das machst du auch, weil du ein Matrosenhemd trägst. Aber am allerschönsten dabei ist, dass sie eine untergeordnete Rolle spielen und nur sehr kurz vom anderen Geschlecht geduldet werden! Danach verschwinden sie endgültig von der Bildfläche.«

»Prophezeist du mir das?«

»Nein, denn du bist ein Rädertier, das in den Krieg ziehen wird, eine über alle anderen erhabene Rolle, und das Weibchen tut alles ihm Mögliche, um ein solches Rädertier am Leben zu erhalten. Weißt du, dass ihre Körper so durchsichtig sind, dass man durch ein Mikroskop beim lebenden Tier sogar jedes Detail der inneren Organe sehen kann? Ist das womöglich auch bei dem von mir gerade entdeckten Rädertier der Fall, was die Windungen seiner Gedanken angeht?«

»Das wird an dir liegen, Wichtel. Bist du Biologin?«

»Ganz und gar nicht, ich war bis zum Krieg Sekretärin und in meiner Freizeit habe ich gemalt, meistens im Freien.«

»Und ich war Dichter, und noch so manches andere, um leben zu können.« In ihrer Unabhängigkeit hat er sich nicht getäuscht. Sie zahlt ihren Anteil an der Rechnung, bevor er auch nur die geringsten Anstalten dazu gemacht hat. Sodass er, mit einem Shilling da und einem Sixpence dort, gerade genug hat für den Rest, ohne Trinkgeld.

Zwei Menschen gehen durch die Straßen von London. Zwei Menschen und nicht mehr. Es gibt niemand sonst auf ihrem Weg, es gibt keine Läden, keine Busse. Es gibt ein bisschen Wind, und der treibt sie bis vor das düstere Haus von Wichtel, in einer baumlosen Straße. Wichtel steckt den Schlüssel ins Schloss und sagt: »Guten Abend, Rädertier, hoffentlich sehe ich dich bald wieder.« Er nimmt ihre Hand und drückt einen Kuss darauf. Er legt seinen Kopf auf ihre Schulter und sieht sie an. »Auf Wiedersehn, Wichtel.«

Kaum ist Henriëtje in ihrem Zimmer, klingelt es viermal hintereinander. Das ist für sie. Sie geht zur Tür, und da steht das Rädertier. »Du wolltest mich bald wiedersehen«, sagt er, »nun, da bin ich. Willst du mich nicht hereinbitten?«

Im Zimmer gibt es einen Stuhl und einen Tisch. Einen Gaskocher und ein Bett; einen Schrank, ein rundes Tischchen und ein großes Kaminsims, auf dem Familienfotos stehen. Oh ja, und noch anderthalb Sessel. Der halbe hat nur eine Lehne, und als sich Rädertier darauf niederlässt, sinkt er tief ein. Deshalb steht er auf und betrachtet die Familienfotos. Freundliche, wohlgenährte Gesichter. Wichtel gleicht ihrem Vater. »Ja«, sagt sie, »aber ich habe nicht seinen Verstand.«

Sie kocht Tee in einem kleinen Topf und schmiert dünne Butterbrote. Sie stellt auch Marmelade auf den Tisch. Und dann sitzen sie sich gegenüber, als säßen sie schon seit Jahren so da und würden auch bis ans Ende ihrer Tage so sitzen bleiben.

Dann hat er seinen kaputten Sessel näher an ihren herangeschoben, immer näher. Und sie hat nichts gesagt.

Auch nicht, als er anfing, ihre Beine zu streicheln. Sie hat nur gedacht: Alle Männer sind gleich und nicht besonders originell. Und beim Beinestreicheln hat er seine Hand nach oben schieben wollen. »Nein, das nicht«, hat sie gesagt. Und er hat seine Hand wieder zurückgezogen. Dann hat er ihr gesagt, wie gut sie ihm gefalle. Und sie hat gelacht und geantwortet: »Ich finde auch, dass du ein sehr netter Kerl bist.« Daraufhin hat er mit der anderen Hand erneut ihre Beine gestreichelt, und als die Hand wieder weiter nach oben wanderte, hat sie sich nicht mehr gewehrt und einen Moment lang die Augen geschlossen.

Ein Mann im Matrosenanzug ist kein gewöhnlicher Mann, der einfach das Jackett auszieht, dann die Weste und das Hemd und den Rest. Er ist überall mit rätselhaften Bändern und Schlaufen und Schleifen festgebunden, die man sorgfältig aufknüpfen muss, sonst kann er sich danach nicht mehr anziehen. Wichtel sagt: »Du bist wie eine Puppe«, und hilft ihm bei allem, was auf dem Rücken schließt, während er vorn herumfingert.

Als Gott Stille wollte, schuf er die Nacht. In dieser Stille haben Rädertier und Wichtel gegenseitig ihre Körper erkundet. Rädertier hat lange ihre Brüste betrachtet, große, volle Brüste, und während er sie küsste, musste er an die denken, die sie vor ihm gestreichelt haben. Und er musste sich auf die Zunge beißen, um nicht danach zu fragen. Und er hat auch lange auf die Wölbung ihres Bauchs geschaut und wieder nichts gesagt. Und nachdem er seinen Kopf darauf gebettet hatte, sagte er: »Das ist dein kleiner Wichtel.«

Auch Wichtel hat viel mit ihm gespielt. Ihr Mund hat seinen Körper berührt, als wolle sie die Formen von Brust und Rücken und Achsel, von Hals und Schenkel in sich aufnehmen. »Und das da ist … wie nennst du ihn?«, hat sie gefragt.

Sie nahm zu viel Matratze ein, deshalb schlief er schlecht und kurz. Als sie aufwachte, lag auf ihren gefalteten Händen ein Zettel, auf dem mit schwungvollen Buchstaben in einer Sprache aus einer anderen Welt geschrieben stand: »In deinem Atmen hörte ich das Singen der Biene im wilden Strudelwind und ich sah voller Freude dein espenrotkäppiges Haar schillernd flirren auf dem erdrauchigen Laken. In deiner Gier nach Schlaf bist du die Königin der Träume.«

An diesem Morgen hat er ihre Wohnung verlassen, als käme er am Abend wieder. Und genau das tat er dann auch, eine Woche lang. Dann hat er gesagt: »Wichtel, was würdest du davon halten, wenn ich bei dir einziehe? Ich verspreche dir, immer den invaliden Sessel zu nehmen.«

Sie hat ihn verwundert angesehen und gefragt: »Fährst du denn nicht zur See?«

Darauf er: »Nein.« Zwischen ihnen steht das Geheimnis des blauen Matrosenanzugs mit dem knistersteifen Blütenweiß, dem fröhlichen Kragen und der Mütze mit den wehenden Bändern.

»Ziehst du den nie mehr an?«

»Nein.«

Sie sieht ihn plötzlich in einem langweiligen Konfektionsanzug vor sich, mit einer grauen Krawatte und einem unordentlichen Hemd. Und sie denkt: Es wird ihn hässlich machen und alt.

»Hast du denn Zivilkleidung?«, fragt sie.

»Nein.«

»Dann werde ich alles für dich aussuchen. Aber wie kommst du an Geld? Was hast du vor und warum quittierst du den Dienst? Sag doch was, Rädertier!«

»Das verwöhnte Ohr hat mich verraten«, gibt er zurück. »Ich kann bei der Marine bleiben, aber nur an Land. Das will ich nicht. Ich werde heute einfach in Ohnmacht fallen, eine billige Komödie aufführen. Dann werfen sie mich bestimmt ganz raus und stecken mich in irgendein Büro, genau wie dich. Aber vielleicht bekomme ich auch noch eine Chance, kreativ zu arbeiten, ich sehe da schon Möglichkeiten. Hör zu, Wichtel, ich brauche dich. Es gibt durchaus andere Frauen in meinem Leben, aber dich brauche ich, verstehst du? Du sollst mich nicht alleinlassen. Vor allem nicht jetzt, wo ich kein Soldat sein kann. Das ist so eine Riesenenttäuschung. Ich fühle mich allen anderen Männern unterlegen. Ich werde meinen Körper hassen. Ich könnte mir glatt mein verwöhntes Ohr abreißen!«

»Du kannst hier einziehen«, hat sie daraufhin gesagt. »Ich werde um ein weiteres Bett bitten und um ein Handtuch.«

»Weißt du, worauf du dich einlässt, Wichtel?«, fragt er dann. »Ich bin verheiratet, ich habe eine Frau und zwei Kinder. Ich weiß nicht, ob ich Marjolijn noch liebe, aber wenn ich sie später dann wiederfinde, gehe ich zu ihr zurück. Du hast ein warmes Herz, ich möchte dir nicht wehtun.« Er legt die Hände auf ihre Schultern, und ein ungekanntes Mitleid mit dieser Frau steigt in ihm auf. Warum? Er weiß es selbst nicht. Sie provoziert alles außer Mitleid. Da steht sie, den Kopf aufgerichtet, der Mund schmal und ernst und ihre Augen schauen weit in die Ferne. Vielleicht sind es gerade diese Augen, in denen er allen Kummer und alle Enttäuschungen des langen Lebens liest, das sie bereits hinter sich hat. Fast zwanzig Jahre …

»Wichtel«, sagt er dann wieder, »hast du vielleicht einen anderen Freund?«

»Ich habe ein paar Freunde, aber das ist doch etwas anderes, das ist Kameradschaft. Jimmy mag keine Frauen, also keine Frauenkörper, und Fred, den kenne ich schon so lange. Ich sage immer: Wenn er gerade dabei ist, eine Frau zu verführen, und ich bräuchte in diesem Augenblick seine Freundschaft, dann würde er sich anziehen und auf der Stelle zu mir kommen, obwohl zwischen uns nichts ist. Jimmy musst du kennenlernen, er ist so sensibel und einfühlsam.«

»Er widert mich an.«

»Das kommt, weil du zu jung bist.«

»Nein, weil ich ein Mann bin.«

»Wie heißen deine Freundinnen?« Er schweigt. Er fühlt, wie verschieden es für sie beide ist, zusammenzuziehen. Sie akzeptiert es als etwas Neues, dessen Wert sie noch nicht kennt, macht aber keine Zukunftspläne. Sie hat gelernt zu nehmen, was das Leben ihr bringt. Er braucht sie, für ihn bedeutet es eine Flucht in einen Hafen, auch wenn es ein anderer Hafen ist als der, den er eigentlich für den Krieg geplant hatte. Für ihn ist es viel mehr, er weiß, dass sie ihr Herz aneinander hängen werden, aber er weiß auch, dass er sie wieder verlassen wird. Er hat es ihr gesagt. Warum geht sie nicht darauf ein?

»Verheiratet, für die Dauer des Kriegs«, sagt sie dann. »Immerhin ist es das erste Mal, dass ich meine Unabhängigkeit aufgebe. Wahrscheinlich weil ich weiß, dass ich wieder allein sein werde, sobald Frieden ist. Ja, ich habe ein warmes Herz und du könntest mir manchmal wehtun. Aber du, Rädertier, hast du auch schon darüber nachgedacht, dass du eines Tages unser Wichtelhaus wieder verlassen musst?«

»Ich gehe in mein eigenes ›*home*‹ zurück«, sagt er, »während du einsam hier zurückbleibst.«

»Vielleicht wirst du in deinem ›*home*‹ einsam sein, ich aber nicht ohne eins.«

Er beißt sich auf die bebende Unterlippe. Und sie löst zum letzten Mal die rätselhaften Bänder, Schlaufen und Schleifen seines Matrosenanzugs, friemelt sie bedächtig auf und nimmt ihn in ihre Arme.

- Im Fernglas -

Sie hat das kleine vergoldete Wappen mit *»Je Maintiendrai«* von seinem Matrosenanzug bekommen und er hat das Band aufgehoben. Und sein Leben ging weiter mit einer langen Reihe von Zivilanzügen. Der erste war ein Utility-Anzug aus dunkelblauem Stoff, ein bisschen zu eng und ohne Westentasche, denn das war streng verboten. Auch Knöpfe und Knopflöcher an den Ärmeln, das Kennzeichen eines guten, gediegenen Schneiders, fehlten kraft Entscheid XYZ. Der zweite war ein grauer Anzug, der saß schon ein bisschen lockerer, aber die Anzughose war schnell durchgewetzt und er musste dafür die Weste opfern, was doppelt schade war, denn sie machte gerade den Chic des Anzugs aus. Das dritte englische Kleidungsstück war ein weißer Pullover. Lieber Himmel, was für eine Überraschung! Eines Abends lag er einfach auf seinem Bett.

»Von wem kann er nur sein, mein kleiner Wichtel? So einen habe ich mir immer gewünscht. Soll ich jetzt überglücklich sein oder doch ein bisschen enttäuscht, weil ich jetzt endlich besitze, was mir immer als unerfüllbarer Traum erschien?« Er kratzt, er ist blütenweiß, weiß wie Schnee. »Oh, Wichtel, was werden sie bei mir im Büro wohl dazu sagen?« »Ins Büro, Rädertier, darfst du ihn nicht anziehen. Er ist für kalte Sonntage und für später in Holland, auf dem Eis.« »Aber ich habe keine Schlittschuhe mehr.« Das vierte Kleidungsstück, abgesehen von Schlafanzügen, Krawatten und was sonst noch (wogegen die Socken, Hemden und Unterhosen noch das Marinezeichen trugen), war wieder ein grauer Anzug, doch diesmal ließ er einen doppelten Hosenboden einnähen und der Anzug ist von London mit nach Holland umgezogen und dort von Norden nach Süden gereist, er hat Groningen gesehen und Middelburg, und später, als er älter wurde, Katwijk aan Zee und Speuld auf der Veluwe. Aber die anderen Anzüge, die schafften das nicht mehr, die lagen in einem Rattankoffer auf dem Dachboden, und wenn Marjolijn gelegentlich in einem Anfall von Aufräumwut beschloss, sie wegzugeben, denn darin lebte wahrhaftig schon eine ganze Mottenfamilie, fing das Rädertier zu zetern und zu schreien an, das sei seine Angelegenheit. »Aber alte Kleider sind doch keine Angelegenheit«, sagte Marjolijn, »das sind einfach Lumpen.« »Mein Lumpensack«, sagte das Rädertier wieder und nahm die Anzüge, die fast einen Hausverweis bekommen hätten, und legte sie wieder in den alten Koffer zurück.

Oh ja, da gab es auch noch eine komische blaue Weste mit Knöpfen, aber ohne Knopflöcher, und einen Hut, einen grauen Filzhut, den man auf ganz verschiedene Weise tragen konnte.

Und einige Schuhe. Schwarze, aber auch diese rotbraunen, die immer dunkler werden. Und mit Schafwolle gefütterte Pantoffeln. Das war in etwa seine gesamte englische Garderobe. Und als man in Holland schon längst wieder etwas zu kaufen bekam, verschenkte das Rädertier seine Kleiderkarten, weil er überzeugt war, dass ihm nur der englische Schnitt passe. Doch eines Tages kam ein Onkel aus Kanada, der sich an seinem Vaterland nicht sattsehen konnte, denn er war kein echter Kanadier, und er konnte vor allem seine Augen gar nicht von dem abgewetzten Anzug seines Neffen abwenden. Denn auch für Hosen mit doppeltem Hosenboden kommt einmal ein Ende. »So kannst du nicht herumlaufen, Junge«, hat der Onkel gesagt und sich buchstäblich vor ihm ausgezogen. Nun, dieser amerikanische Schnitt, der gefiel Rädertier schon. Darin konnte man sich sehr gut bewegen. Er wurde von Tag zu Tag mehr Gentleman. Und als ihm Marjolijn dann wieder einmal die Mottenfamilie zeigte, rief er: »Weg mit dem Zeug, ins Feuer damit!«

Denn man soll auch nicht allzu sentimental sein, nicht wahr, und in seinem Schrank hing doch noch der letzte Graue, der mit dem doppelt durchgewetzten Hosenboden, er hing auf einem ganz speziellen Kleiderbügel aus gewöhnlichem Holz, in den aber ein kleines Herz eingebrannt war mit einem W darin und einem Pfeil, der darauf zielte. Der trug den Buchstaben R.

5

Papa Farinets Selbstporträt

Das Haus, in dem sie zusammen wohnen, gehört Papa Farinet. Es besteht großenteils aus Stein und Holz, und ein Heer von Arbeitern wurde für den Bau eingesetzt, doch das war schon vor sehr langer Zeit, als Farinet noch nicht einmal geboren war. Und jetzt ist er Ende sechzig. Diese Arbeiter sind also einer nach dem anderen gestorben, vielleicht auch ein paar von ihnen zur selben Zeit. Aber das Haus hat überdauert und ist nie eingestürzt. Als Farinet, ein gebürtiger Schweizer, von seinem Beruf als Nachtportier genug hatte, kaufte er dieses Haus. Der Zweite Weltkrieg war gerade ausgebrochen und alle sagten, er sei ja verrückt, denn es könne ja schon morgen nicht mehr stehen. Darauf hörte er aber nicht, er putzte stattdessen die Klingel und firnisste die Haustür, während links und rechts die Bomben fielen.

So sah ihn Henriëtje zum ersten Mal, als sie auf Zimmersuche war. Sie grüßte ihn mit einem freundlichen Nicken und fragte, ob hier vielleicht etwas zu mieten sei. Er musterte sie und antwortete dann: »Für ordentliche Frauen gibt es bei mir immer ein Plätzchen. Was machen Sie? Arbeiten Sie für den Frieden? In einer Fabrik? *Remember, my dear, a man's life depends on every parachute you pack.*«

»Nein, ich packe keine Fallschirme, ich tippe Artikel ab, die andere geschrieben haben. Doch auch das muss getan werden, und so trage ich mein Steinchen dazu bei.« Sie wurden sich schnell einig, doch als Frans Winter bei Henriëtje Bas einziehen wollte, dauerte es ein bisschen länger. »Sie werden verstehen«, sagte Papa Farinet, »ich habe Sie genommen, weil Sie mir wie eine ordentliche Frau vorkamen. Aber was Sie jetzt vorhaben, muss ich das einfach so gutheißen?«

»Er ist mein Verlobter«, sagte Henriëtje schüchtern.

»Ja, ja, das kenne ich, Verlobter, solange es gutgeht.«

»Na, na«, mischte sich Frans ein, »Sie kennen das Leben doch auch. Es gibt nun mal Umstände ...«

»Mit der Sessellehne da müssen Sie vorsichtig sein«, gab Papa Farinet zurück, »und vor allem keine Dummheiten damit anstellen. Dafür ist sie zu alt. Nicht Ihre Braut, sondern die Lehne.« So verlief ihre erste Unterhaltung.

Wer war dieser sonderbare Farinet eigentlich, der in englischer Tradition bereits im Juli anfing, seinen Plumpudding vorzubereiten, unterstützt von Mrs. Williams, einer rätselhaften Erscheinung, deren Zimmernummer keiner der Hausbewohner kannte und die nie ins Badezimmer kam. Gemeinsam suchten die beiden die Rosinen und anderen Köstlichkeiten aus. Wenn sich Farinet dabei zu langweilen begann, machte Mrs. Williams allein weiter. Wenn sie ihn zu langweilen begann, jagte er sie ohne viel Federlesen aus der Küche, und wenn sie nicht schnell genug verschwand, drohte er mit dem Besen.

»Er muss ein Junggeselle sein«, meinte Wichtel, als sie ihn zum soundsovielten Mal mit einer Flasche unterm Arm die Treppe zum Souterrain hinabwanken sah.

»Seine Frau ist tot, und er ist unglücklich«, vermutete Rädertier.

»Ja, das stimmt, Mister Winter, meine Frau ist schon mehr als zehn Jahre tot. Die Kinder, die sie mir hinterlassen hat, sind allesamt in die Welt hinausgezogen. Und deshalb bin ich allein zurückgeblieben.«

»Mrs. Williams hat ein nettes Gesicht«, sagte Wichtel darauf.

»Nett, ja manchmal, aber sie ist die Schwester eines berüchtigten Kleptomanen, übrigens ein braver Bursche, der allerdings innerhalb von acht Jahren ganze Parks, Friseurläden und Warenhäuser geplündert hat. Sie haben in seiner Wohnung Standbilder aus Granit gefunden, sechsundfünfzig Paar Handschuhe und zweihundertzweiundzwanzig Perücken. Mrs. Williams sagt immer: Ich bin doch nicht für das verantwortlich, was mein Bruder getan hat, und dabei trägt sie wohl eine blonde Perücke, denn sie hat viele kahle Stellen auf dem Kopf. Aber ich meine, Unrecht Gut gedeihet nicht, und das wird dich noch mal ins Unglück stürzen. Sie nimmt es mir zwar übel, aber ich zähle trotzdem jeden Tag mein Tafelsilber nach, das werden Sie bestimmt verstehen.«

Das war vorläufig alles, was sie über Papa Farinet erfahren haben. Bis er sie, völlig unerwartet, an Heiligabend einlud, mit ihm zu Abend zu essen, »denn Mrs. Williams«, sagte er, »ist zu ihren Verwandten nach Kent gefahren. Sie hat einen Abszess am Kopf, natürlich von dieser Perücke.« Wichtel, die gerade etwas zubereitet, was ein Plumpudding werden soll, antwortet: »Mit dem größten Vergnügen, dann bis gleich.« »Versuch mal diese Mischung, Rädertier«, sagt sie und schmiert etwas Undefinierbares auf ein Löffelchen. Er weigert sich, nimmt die Schüssel mit dem Pudding, lehnt sich aus dem Fenster und gibt die Masse einem Hund, der nicht einmal daran schnüffelt.

»Wer und was sind Sie denn eigentlich?«, fragt das Rädertier nach ein paar Gläsern Bier. »Wir können uns einfach kein Bild von Ihnen machen.«

»Nun«, sagt Papa Farinet, während er das Gerippe der Pute abnagt, »was soll ich Ihnen erzählen? Geld war mir immer eine Herzensangelegenheit. Nebenbei bemerkt, dieses Abendessen kostet Sie nicht mehr als ein Besuch in einem guten Restaurant, fünf Shilling pro Person. Und jetzt mein Selbstporträt, denn das ist es doch eigentlich, wonach Sie mich fragen. Ich bin ein Vaudois, ich komme aus dem Land von Ramuz, Farinet heiße ich, wie der Farinet aus ›Das falsche Geld‹. Nun, dieser Farinet – der Ihnen sicher nicht unbekannt ist – und ich, wir lieben beide Münzen. Im Geiste war Ramuz jahrelang mein bester Freund. Wir grüßten uns ohne Worte. Und ich las, nicht nur meine Zeitung, sondern auch seine Bücher. Ich war damals noch anders, natürlich jünger, doch neben der Leidenschaft für Geld hatte ich auch noch Interesse am Landleben. Ich hatte dort einmal einen Eber, Mister Winter, einen prächtigen ›Yorkshire Large White‹, der räumte alle ersten Preise ab und hatte ein schönes Leben, denn alle Sauen weit und breit kamen ihn besuchen. Ja, ja, das war eine prima Zeit. Abends kochte ich selbst, und sonntags backte ich *›pets de nonne‹*, Nonnenfürzchen, eine Art Apfelkrapfen, aber ohne Äpfel, und über diesen Namen musste ich immer laut lachen. Aber die Stadt hat alles verpfuscht. Ich bin zwar kein Dieb geworden, aber das Geld, das Geld – ich sitze nur da und rechne. Und das ist nicht richtig. Ja, wenn ich könnte, was dieser andere Farinet gemacht hat … aber für einen Falschmünzer bin ich nicht geschickt genug. Dass ich auch einen guten Tropfen nicht verachte, wissen Sie schon. Noch vielen Dank, Mister Winter, dass Sie mir gestern geholfen haben. Ich saß da auf meiner eigenen Schwelle und konnte mich einfach nicht erinnern, welches mein Haus ist. Ich suchte nach der Zugklingel, aber die habe ich doch schon vor Monaten durch eine elektrische ersetzen lassen. Als ich dann in meiner Küche wieder zu mir kam, erinnerte ich mich, dass Sie mich auf diesen Stuhl gelegt hatten. Ich bin kein schlechter Mensch, wissen Sie, aber warum kann man in einem Dorf ein Postamt unbewacht lassen und in der Stadt nicht? Jetzt habe ich dieses Haus, es gehört mir, darauf sollten wir noch einmal trinken! Aber eines Tages werde ich hier vermutlich sterben. Wenn diese Williams zurückkommt, setze ich sie endgültig vor die Tür. Darüber könnte ich Ihnen Romane erzählen. Aber auf einem Selbstporträt sieht man nie mehr als eine Person, oder nur einen Teil von einer Person, und vor einem Hintergrund ist sie zu unscharf. Dieses Selbstporträt, meine teuren Gäste, hier ein Strichelchen, dort ein Klecks, ein bisschen Firnis, ist aber auf eine gute, langlebige Leinwand gemalt. Und dass bei euch nicht alles mit rechten Dingen zugeht, das habe ich längst gemerkt. Diese Schwindelei mit dem Verlobten. Na gut, die Miete kommt regelmäßig, aber die Möbel … ich werde doch mal kontrollieren, ob nicht zu viel beschädigt ist.«

»Sind Sie denn sicher, dass die Leinwand gut und langlebig ist, Papa Farinet?«

»Das weiß ein Maler nie von vornherein, das muss die Zeit erweisen. Aber nehmt euch ein bisschen in Acht vor mir. Von einem Selbstporträt lässt man sich oft täuschen.«

- Im Fernglas -

Es ist schiefgegangen mit Papa Farinet. Ob es daher kam, dass er Mrs. Williams kurz nach ihrer Rückkehr aus Kent geheiratet hat, oder weil er wirklich den falschen Blick hatte, als er sein Selbstporträt malte, das lässt sich nicht herausfinden. Aber dass die gute und langlebige Leinwand völlig verschlissen war, bewies seine Haltung gegenüber Henriëtje Bas, nachdem Frans Winter nach Holland zurückgefahren war und sie allein in dem großen Zimmer zurückblieb, wie es ja ursprünglich gedacht war. Zuerst hat er ihr die Miete verdoppelt, obwohl es eigentlich andersherum hätte sein müssen. Dann hat er den invaliden Sessel abgeholt, dann die Waschschüssel mit dem Riss, der doch wirklich nicht länger geworden war. Und hat ihr dafür eine Kanne und eine kleinere Schüssel hingestellt. Das ging Henriëtje zu weit, sie liebte es, sich gründlich mit reichlich Wasser zu waschen. Also hat sie Papa Farinet zum Monatsende gekündigt. Der sagte: »Das muss schriftlich erfolgen«; daraufhin ist sie zum Postamt gegangen, das war eine Viertelstunde Fußweg, und hat den Brief als Einschreiben für das Haus aufgegeben, in dem sie wohnt. Sie hat sich gefragt: Ist das wirklich derselbe Mann, der während der Bombardierungen, wenn das Rädertier so große Angst hatte, den letzten Tabak aus seiner Pfeife kratzte, um damit für ihn eine Zigarette zu drehen? Farinet schrieb ihr zurück, er sei einverstanden, sie werde also sein Haus verlassen, doch sie schulde ihm neun Pfund, acht Shilling und sechs Penny für zerbrochenes Steingut, verlorene Löffel, ein durchhängendes Bücherbrett, ein kaputtes Schloss und für die Löcher, die sie in die Wand geschlagen hatte, um Bilder aufzuhängen.

Sie hat versucht, heimlich auszuziehen, aber das hat nicht geklappt. Jeden Morgen erwartete er sie an der Haustür. Und als der Tag ihres Auszugs gekommen war, hat sie ihr Portemonnaie in seine magere Hand ausgeschüttet und auf Holländisch zu ihm gesagt: »Alter Geizkragen, du bist ein beschissener Maler.« Das konnte er zwar nicht verstehen, dafür hat er aber wohl ihre Augen gesehen, die ihm voller Verachtung aus dem Taxi nachstarrten. Und mit einem Mal musste er an sein Heimatdorf und an Ramuz denken. Es ist die Stadt, die den Menschen verändert, sagte er sich und hat noch am selben Morgen das Geld in der Kneipe vertrunken.

Kurz nach seinem siebzigsten Geburtstag ist Papa Farinet an einem Schlaganfall gestorben. Mrs. Farinet-Williams ging, mit einem Verband um den Kopf und einer schwarzen Perücke, weinend hinter dem Leichenwagen her.

6
Räubersonntag

Kein Gott und keine Kirche, und trotzdem kommt der Sonntag, kommt in die baumlose Straße. Miss Jackson von Nummer 29 ist als Erstes draußen. Sie muss Milch für ihre drei Katzen holen und so ist sie es, die diese sonntägliche Morgenstille bricht. Das Klappern ihrer eisenbeschlagenen Schuhe dringt durch die geborstenen Scheiben des Raums, in dem Rädertier und Wichtel schlafen, jeder in seinem eigenen schmalen Bett. Rädertier auf dem verwöhnten Ohr und mit der Pyjamahose über dem Kopf, Wichtel auf dem Bauch mit einem Fuß über der Bettkante. Keiner von beiden wird von den Eisenbeschlägen an Miss Jacksons Schuhen geweckt. Die Uhr tickt leise und die Zeit geht weiter. Draußen sind Stimmen zu hören; Papa Farinet stellt das Radio an. Rädertier dreht sich um und liegt jetzt auf dem guten Ohr (was absolut nicht sein darf). Wichtels Fuß bewegt sich und verschwindet wieder unter der Decke. Der Sonntag geht weiter, mit Glockengeläut und Mrs. Williams' Gesang. Die Haustür schlägt auf und zu.

Rädertier träumt. Er lächelt und spreizt die Finger. Er streichelt den Silberring, den er bei Sylvia eigenhändig geschmiedet hat. Wenn sie nicht gerade schwanger gewesen wäre … Als Wichtels Fuß einzuschlafen beginnt, wacht der Rest von ihr auf. Sie springt aus dem Bett, setzt sich in den invaliden Sessel und betrachtet das Rädertier.

Ich liebe ihn, denkt sie und danach: Liebe ich ihn? Und warum darf ich es dann nicht aussprechen? Wenn Frauen sagen: Ich liebe dich, ist alles vorbei ... sie streichelt seinen Kopf, er schüttelt ihn, öffnet die Augen und flüstert: »Wichtel.«

»Es ist Sonntag«, sagt sie, und er dreht sich wieder um. Sie deckt seine nackte Hüfte zu, wäscht sich und geht einkaufen. Es gibt Weißbrot, es gibt Rührkuchen, und ihre Tasche füllt sich. Und ein Beefsteak bezahlt sie mit ihrem letzten Pfund. Die Metzgerin ruft sie zurück. »Das wäre zu teuer«, sagt sie, »haben Sie es so eilig? Sie bekommen noch sechzehn Shilling von mir!« »Oh, vielen Dank«, sagt Wichtel, und dann nimmt die Metzgersfrau ihre Hände und streichelt sie.

»Die Metzgersfrau hat meine Hände gestreichelt, Rädertier, der Tag fängt gut an. Ich mag Freundschaft mit Geschäftsleuten. Nur erkenne ich sie nie auf der Straße, wenn sie einen Hut aufhaben. Dann grüßen sie mich, und ich grüße nicht zurück, also halten sie mich wohl für eingebildet. Und wenn ich mich dann erinnere, wer es ist, laufe ich schnell zurück, um mich zu entschuldigen. So ging es mir gestern mit der Metzgersfrau, deshalb war sie heute so nett. Sie hat mir einen extra Knochen für dich mitgegeben; und da sind die Zeitungen.« »Hilf mir aufstehen, Wichtel.« Das heißt: Komm zu mir ins Bett. Sie liegt jetzt in seinen Armen, und er redet nun über die Metzgersfrau.

»Ob ich sie wohl flachlegen könnte? Ob sie wohl gut ...?«

Aber es ist schon zu spät, den Satz zu vollenden, denn ihre Lippen verschließen jetzt seinen Mund. Kein Gott und keine Kirche, und trotzdem kommt der Sonntag mit Liebe.

Draußen sputen sich die Leute zu den Gotteshäusern. Freunde trennen sich am Sonntagmorgen, damit jeder sein eigenes Gebet in seiner eigenen Umgebung sprechen kann. Die Kirche des einen ist neu und hat keinen Stil, die Bänke sind breit und es gibt keinen Schmuck. Die Kirche des anderen ist ein altes Gebäude, vor dem Touristen mit einem Reiseführer in der Hand stehen bleiben, um die Jahreszahlen auswendig zu lernen. Juden haben am Sonntag keinen Kirchgang. Die Türen der Synagoge sind geschlossen, nur das Badehaus für unreine Frauen ist geöffnet. Der eine betet aus einer Bibel und der andere auch. Der Jude ordnet seine Gebetsriemen. »Wo ist denn Gott?«, fragen die vielen Kinder, die in der Kirche vergeblich nach einem lieben alten Mann suchen. »Wo ist denn Gott?«, fragt das Rädertier, als er zum zweiten Mal aufwacht. Wichtel zieht die Gardinen beiseite. »Da kommen sie vorbei, die Kirchgänger«, ruft er und springt aus dem Bett. »Frag sie, was sie denken, was sie wollen, aber keiner wird antworten: vor allem Nächstenliebe in einer gerechten Welt. Was sie wollen, ist rechtzeitig eine Tasse Kaffee, ein Butterbrot und Geld, Geld von einem anderen, lebendig oder tot.«

»Du doch auch«, sagt Wichtel und gießt ihm Kaffee ein.

»Ziehst du dich an?«, fragt sie. »Nein, aus«, antwortet er, »denn es ist Sonntag, der Tag des Nackten. Kaffee, ja, das will ich«, sagt er, »und Brot und genug Geld, um davon leben zu können. Aber was bedeutet das für mich? Ich gehe nicht in die Kirche. Aber immer in die Schule. Für mich gibt es nichts als das Wunder der Liebe, Wichtel. Du reißt dich von allem los, ohne allein zu sein, du erhebst den anderen über das Irdische und lässt dich ebenfalls darüber erheben. Und wenn du dann, noch ein bisschen benommen, zurückkehrst, ist das Irdische da, um dich mit Kaffee und Kuchen in Empfang zu nehmen. Ich habe nicht gebetet, was vorgeschrieben ist, keine Sätze gesagt, deren Bedeutung ich nicht begreife, ich habe dich in ein Gebet ohne Worte eingeschlossen.«

»Und trotzdem«, sagt Wichtel, »erinnerst du dich noch an Willemientje?«

Rädertier liegt auf dem Bauch vor dem Gasofen, sein Rücken ist warm und rot. »Warum wollen die Leute alle zum Strand, um sich dort verbrennen zu lassen? Mir geht es hier so gut.

Ob ich mich noch an Willemientje erinnere? Dein Willemientje, das du, wenn du dich getraut hättest, in deine Arme genommen hättest. Weiße Brüste hat sie, das hast du mir erzählt. Und auch, dass sie schlafen ging, ohne sich ganz auszuziehen. Und dass sie beichten ging.«

»Ja, das stimmt. Willemientje ging auch in die Kirche. Als du an Ostern bei deinem Freund zu Besuch warst …«

»Sie hatten große bemalte Eier, mit Churchill in Rosa.«

»Damals hat sie bei mir übernachtet. Sie musste um fünf Uhr aufstehen, um rechtzeitig in der Kirche zu sein. Wir hatten keinen Wecker. Ich hörte die ganze Nacht, wie unruhig sie war. Immer wieder zündete sie ein Streichholz an, um auf ihre Armbanduhr zu sehen. Schläfst du, fragte sie dann. Ja, sagte ich höflichkeitshalber. Und dann kam sie zu mir und streichelte meine Haare. Sie zog sich im Dunkeln an. Es war so herrlich warm im Bett und draußen noch so winterlich kalt. Ich versteh dich nicht, Willemientje, sagte ich, musst du wirklich durch all diese einsamen Straßen laufen, um Gott zu finden? Gott kommt zu mir ins Bett, wenn wir einander brauchen. Sie lachte, du weißt schon, so leise, man hätte denken können, dass sie ein bisschen naiv ist, und trotzdem wusste sie genau, was sie wollte. Dann hörte ich sie durch den Gang trippeln. Der Schirmständer fiel um und die Tür klappte mit einem lauten Knall zu.

Ich schlief wieder ein. Es war noch dunkel, als sie wieder zurückkam. Ich machte Licht und sah, wie bleich sie war. Bist du krank, Willemientje? Nein, sagte sie, aber Gott, wie soll er mir vergeben können? Was hast du getan, bist du deinem Mann untreu gewesen? In Gedanken, Worten oder vielleicht in Werken?

Sie fing an zu weinen. Sie weinte, wie sie lachte, leise und naiv. Ist Gott schon zu dir ins Bett gekommen?, fragte sie. Ich hatte Lust, unter der Decke nachzusehen, schüttelte aber den

Kopf, ich bin wieder eingeschlafen. Aber was ist denn passiert? Ich konnte den Weg nicht finden, sagte sie, und dann habe ich mich verlaufen. Schließlich habe ich die Kirche gefunden. Ich war zu spät, die Messe hatte bereits angefangen. Aber was hörte ich? Fremde Gesänge, in einer Sprache, die ich nicht kannte. Oh Henriëtje, ich war in einer griechisch-orthodoxen Kirche gelandet. Und ich konnte nicht mehr weglaufen. Denn wohin? So blieb ich bis zum Ende der Messe. Aber das ist eine Sünde, verstehst du? Ob Gott mir wohl vergibt?

Um zwölf Uhr mittags, noch am selben Tag, ist sie zur Beichte gegangen. Als sie wieder nach Hause kam, hatte ihr Gesicht so einen lieben Glanz. Sie legt also doch etwas Persönliches in ihr Gebet. Sie sagte immer, dass sie für deine Ohren beten würde, und für die Nägel ihres Mannes, die einfach abbrechen, und noch für viel mehr Leute und Leiden. Eigentlich blieb dann keine Zeit mehr für ihre Bibel.«

»Natürlich können wir beiden jüdischen Heiden das nicht ganz verstehen«, sagt Rädertier. »Wir sehen nur das Negative einer jeder Religion. Es ist egal, ob es Willemientje ist, die uns das Gegenteil beweisen möchte, oder ein alter Onkel von mir, der, nachdem er den ganzen Jom Kippur gefastet hatte, abends nach Hause kam, ein Glas Wasser trank und sagte: Dürfte ich nur wieder in die Schule zurück, heute war für mich der schönste Tag des ganzen Jahres! Und das, obwohl sie ihm in seinem Dorf überall nachschrien: Jud, du hast den Jesus erhängt!«

Kein Gott und keine Kirche, aber trotzdem ist der Sonntag gekommen: Räubersonntag …

Rädertier will einen Spaziergang machen, bevor Papa Farinet das warme Mittagessen aufträgt. Lange bewundert er seinen nackten Körper im Spiegel. »Wichtel!«, ruft er, »ich kann mich nicht richtig sehen, er ist voller Zahnpastaspritzer und Fliegendreck!« Sie kommt mit einem Lappen und reibt das Glas blank. »Mein Bauch hat noch ein klein bisschen zu wenig Muskeln«, sagt er, »findest du das eigentlich schön, so einen glatten Mann? Und wenn ich jetzt alt werde und Falten kriege und kahl werde? Findest du das dann immer noch schön? Gib mir deinen roten Schal und die Mütze, die du auf der Straße gefunden hast. Steht mir doch eigentlich ausgezeichnet, so ein Dekolleté! Herein! Herein! Schon so spät, Papa Farinet? Das riecht aber gut.« Wichtel stellt die Schüsseln auf den Tisch. *»Bon appétit«*, sagt Farinet, »man kann meine Schweizer Heimat noch herausschmecken.« Es gibt weder Katze noch Hund zum Tellerablecken, aber Rädertier isst heute mit einem Löffel, sein Messer und die Gabel bleiben unbenutzt und seine Zunge räumt die Reste auf. Papa Farinet holt die Teller wieder ab und sagt: *»Bon repas, m'sieurdame«*.

Dann legt sich Rädertier wieder vor den Ofen. Plötzlich klagt er über Schauder und Hitze und Wichtel muss das Thermometer holen. »Über vierzig«, sagt er, »ob ich wohl sterbe?« Und als er ihr erschrockenes Gesicht sieht: »Ich hab's angewärmt!«

Sie messen jetzt beide ihre Temperatur, unter dem Arm, unter der Zunge und von hinten. Wichtel hat ein paar Strichelchen mehr als er. Wie viel Papa Farinet wohl hat? Und der invalide Sessel? Der hat nur einen Arm, er muss Fieber haben. Sie steckt das Thermometer in den Sessel und vergisst, es wieder herauszunehmen.

Jetzt sagt sie: »Ich lese dir was vor.« »Nein«, antwortet er, »ich lese dir etwas vor.« Und weil beide nicht zuhören wollen, liest keiner. Kurz bricht die Sonne durch und der Ofen geht mit einem Puff aus. Rädertier spielt noch ein bisschen in Wichtel herum. Danach verwandelt sich der Räuber in einen Gentleman und die Räuberbraut in eine Lady. Was nicht verhindert, dass sie über die verlassenen Gehsteige Shillingmünzen rollen lassen. Rädertiers Geldstück rollt am weitesten, deshalb muss sie das Kino bezahlen. Die Schlange ist lang und eine Frau, die hinter Rädertier wartet, sagt: »Ich geh mal kurz ein Bierchen trinken, halten Sie mir meinen Platz frei?« Und Wichtel erzählt von den dummen Schlangestehern, die nie begreifen, dass sie eine solche Bitte an den richten müssen, der hinter, und nicht an den, der vor ihnen steht. Er führt das auf die weltweite Vernachlässigung des praktischen Unterrichts zurück: »Anstelle des Pythagoras und der Unbekannten X könnten viele andere Dinge unterrichtet werden. Wäre das nicht etwas für dich, Wichtel?« »Nein«, antwortet sie, »wenn ich Direktorin einer Schule werde, dann der Akademie der Liebe. Nach altgriechischem Vorbild. Ich glaube, dass es sehr nützlich wäre, angehende Bräute für ein Jährchen dorthin zu schicken. Dann würden weniger Ehen in die Brüche gehen.« »Wie stellst du dir das vor? Rein theoretisch?« »Nein, natürlich nicht.« »Aber das wäre dann doch ein Bordell.« »Das muss nicht sein. Du kennst die Frauen nicht und wirst sie auch nie kennenlernen. Wir sind in der Lage, uns zurückzunehmen, um ein bestimmtes Ziel zu erreichen. Damit meine ich nicht die Frauen, die kein Seelenleben haben, die nur Weibchen sind. Aber die anderen, glaub mir, die können ihre Gefühle erkennen und würden nichts von ihrer Reinheit verlieren, auch wenn sie meine Akademie der Liebe besuchen würden, statt vor der Hochzeit auf eine Haushaltsschule zu gehen.«

»Meinst du das im Ernst?« Er sieht sie an. Ihr Gesicht unter dem roten Regenschirm ist ernst. Sie nickt. »Die Frauen müssen lernen, ihren Mann wie ein Gemälde zu sehen, an das sie Tag und Nacht denken und an dem sie arbeiten, damit es im Augenblick ihres Todes vollendet ist und für immer festgehalten wird.«

Die Schlange wird kürzer und die Frau, die hinter Rädertier stand, ist zurückgekommen und dankt ihm, dass sie ihren

Platz nicht verloren hat. Als sie an der Reihe sind, wird gerade das Schild *»complete«* vor die Kasse geschoben. Was nun? Da stehen sie mitten unter Sonntagsausflüglern mit aufgeweichten Nägeln und billigen Parfüms. »Ich will hier raus«, sagt er. Sie nehmen die »Underground«, und ein Herr gegenüber von Wichtel, ja, es ist ein Herr, er trägt einen Siegelring mit einem Wappen, starrt sie unablässig an, und als Rädertier seine Zeitung aus der Tasche zieht und lesen will, streckt der Herr ein bisschen zu früh seine Zunge aus dem Mund und leckt sich von rechts nach links über die Lippen und hört nicht auf, sie dabei anzustarren. Wichtel steigt das Blut in die Wangen, und bei der nächsten Haltestelle sagt sie zu Rädertier: »Komm, wir steigen aus«, und er folgt ihr fügsam und fragt, noch in seine Zeitung vertieft: »Warum wolltest du nicht weiterfahren?«

Sie gibt keine Antwort, sondern fragt zurück: »Rädertier, könntest du einen Freund ertragen, der so etwas täte?« »Nein«, sagt er, »meine Freunde sind Menschen, die Gedanken und Worte haben, die müssen das nicht auch noch mit Gebärden unterstreichen. Aber trifft dich das so sehr?« »Ja, ich fühle mich beleidigt, nicht nur als Person, sondern stellvertretend für alle Frauen.«

Jetzt spazieren sie irgendwo in einem Außenbezirk. Zwei Jungen kommen vorbei, rammen absichtlich mit einer Handkarre einen leeren Kinderwagen. Der Wagen fällt um. Sie gehen weiter, aber ein Mann, weit über fünfzig, ruft: »Wenn das jetzt Englands Jugend sein soll, dann hat man nicht mehr viel zu erwarten!« Zwei alte Leute, die vorbeilaufen, sagen nichts, stellen den Kinderwagen auf und gehen schweigend weiter.

»Drei Generationen«, kommentiert Rädertier. »Die erste rüpelhaft, die zweite mit Theorien, jedoch ohne sie umzusetzen, die dritte reif und aktiv.« »Und wir sind die vierte«, sagt sie,

»was hätten wir tun sollen?« »Ihn aufheben, aber ich dachte, dass mich die Jungs dann auslachen!« »Du hast nichts gedacht.« »Wahrscheinlich hast du Recht.« »Warum flunkerst du denn ständig?« »Das ist doch kein Flunkern, wenn ich im Voraus weiß, dass du mich durchschaust. Nichts ist langweiliger, aber auch nichts simpler als die nackte Wahrheit.« Rädertier bückt sich, um eine leere Flasche aufzuheben, geht damit auf ein Haus zu und bittet um ein wenig Wasser. In einer Wiege liegt ein Baby; Wichtel betrachtet das Kind, gibt gurrende Töne von sich und das Baby fängt an zu lachen. »Hättest du gern ein Kind, Wichtel?« »Wenn ich dich verlieren würde, dann ja.« »Du verlierst auf jeden Fall einen Teil des Mannes, wenn du ein Kind hast. Ich kann mir dich nicht mit einem Baby vorstellen.« »Es würde mir trotzdem gut stehen«, sagt sie, »nie Mutter gewesen zu sein, nie ein kleines Wesen gehabt zu haben, das dir Mama zugeflüstert hat, mit großen, leeren Händen durchs Leben zu gehen, das macht das Sterben bestimmt sehr armselig.«

Am Straßenrand trinken sie das Wasser und rauchen Zigaretten. Es regnet leise, deshalb kehren sie nach Hause zurück. Der Räubersonntag geht zu Ende. Rädertier wird ins Badezimmer geschickt und bekommt einen sauberen Schlafanzug. Miss Jacksons eisenbeschlagene Schuhe klappern wieder vorbei, und das Geräusch dringt durch die geborstenen Scheiben in den Raum, in dem das Rädertier und Wichtel, nun zusammen, in einem schmalen Bett wach liegen.

- Im Fernglas -

Später hat Wichtel viele Räubersonntage allein verbringen müssen. Es war keiner mehr da, mit dem sie so leicht und leichthin vielerlei Gespräche führen und philosophieren konnte, wie sie es mit Rädertier getan hatte. Jetzt lag sie allein in einem anderen schmalen Bett und weckte sich mit dem Radio und einer Pastille, die den Schlaf und den Widerwillen gegen den neuen Tag vertreiben sollte. Sie stand auf, kaufte ein Brot und Zigaretten und las abermals seine Briefe. Alle waren in den ersten Wochen nach seiner Abreise geschrieben, undatiert und ohne Absender … »Wichtelchen, Du fehlst mir wirklich. Ich kann nur noch etwas fühlen, wenn ich an Dich denke. Dem, wie nennst Du ihn?, geht es auch nicht besonders gut. Er ist einsam, missmutig und macht auf seinen Chef einen wirklich schlechten Eindruck. Vielleicht werden er und ich irgendwann wieder glücklich. Wir träumen von glänzenden Haaren und Reichtümern und Märchenprinzessinnen, von weggepusteten Löwenzahnschirmchen und wunderbar festen, riesigen Brüsten, suchen aber nie nach einem Surrogat-Wichtelchen. Oh Wichtel, wie sonderbar ist doch das Leben und wie schön fände ich es, meinen Kopf einmal kurz in Deinem Schoß zu vergraben. Wie schnell sind diese lustvollen Jahre vergangen. Du warst so lieb, so gut, so gesund für mich. Nie stachlig, kratzig, dornig, nichts war Dir zu viel, um das Rädertier besser und größer zu machen. Ich liebte Dich wie ein Engel seine Flügel. Du warst meine Federgestalt und meine Schwerelosigkeit. Mein kleiner Sohn fragt, was ich mache. Ich sage: Ich schreibe einem Wichtel. Da wollte er mit ihm spielen …

… Ich denke an einen Satz, den André Rousseau über Colette geschrieben hat: Die Ordnung in ihrem Haus war für Colette ein Ausdruck der Sinnlichkeit, keineswegs eine Pflicht. Die Liebe zum Haus und die Sinnlichkeit vor dem Ofen sind nichts anderes als eine Form von Sensualität. Deine Sensualität, Deine Bestimmung als Frau liegt ganz darin, dass Du nur Du selbst sein kannst, wenn Du mit Dir allein bist …«

Wenn sie dann ihre Zeit mit Lesen und Wiederlesen seiner Briefe verbracht hatte, legte sie sich auf die Couch und wartete, ob jemand an ihrer Tür klingeln würde. Zwischen Wachen und Träumen zog ihr Leben an ihr vorüber. Gegen Abend fühlte sie eine neue Kraft, um alles besser zu machen. Sie zog sich aus, legte sich wieder ins Bett und sagte, während sie ihren warmen Mund auf das Kissen drückte: Gute Nacht, Rädertier, von allem, was vorbei ist, fehlt mir der Räubersonntag vielleicht am meisten.

7
Das treue Rädertier

»Ich bin dir treu wie die Engel aus Jakobs Traum, du weißt schon, der mit dem goldenen Stern«, sagt das Rädertier zu seinem Wichtel, während er in seinem Notizbuch blättert. Es ist aus blauem Kunstleder und vorne drin stehen die Geburtstage des Königshauses, seine Kragenweite, seine Schuhgröße und seine Passnummer. Zurückzuschicken an … nicht ausgefüllt. Es ist besser, wenn Wichtel diese Unterlagen nicht in die Hände bekommt, obwohl er fast sicher ist, dass sie den Inhalt bereits auswendig kennt. Heute, mal sehen, um sieben Uhr Rendezvous mit Peggy. »Ich komme nicht nach Hause, Liebste, ich habe einen wichtigen Vortrag, der dich bestimmt nicht interessiert. Über den künftigen Viehbestand auf dem Kontinent. Interessiert mich wahnsinnig. Danach Besprechungen, mit dem Chef der gynäkologischen Abteilung des Mary Hospital. Informationen über künstliche Befruchtung, die brauche ich für mein Buch, denn ich will doch einen Roman schreiben. Geh also ruhig schon mal schlafen und warte nicht auf mich.«

»Warten? Ich muss auch weg.«

»Mit wem?«

»Mit einem Vertreter vom Kongress der Rothäute, der in Sappemeer gehalten wird. Rädertier!«, ruft sie, als er das Zimmer verlässt.

»Wichtel!«, ruft er durchs Fenster zurück.

Das sind bei jedem Abschied ihre letzten Worte, danach darf nicht mehr gesprochen werden, es könnte Unglück bringen.

Tut einer von den beiden es doch, müssen sie den Gruß wiederholen. Es ist so zur Gewohnheit geworden, dass sie es vor keinem Fremden verbergen. Übrigens hat sich auch nie jemand nach dem Sinn erkundigt.

In seiner Westentasche steckt ein kleines blaues Taschentuch, das ihm Peggy geschickt hat, als sie dachte, er hätte Geburtstag. Er hat jeder seiner Freundinnen ein anderes Datum genannt, und zwar ein nahes, damit nichts schiefgeht. Peggy hat das blonde Haar, nach dem er seit Jahren auf der Suche war. Ein Blond, das an den Schläfen farblos wird, mit einem jungfräulichen Scheitel auf der rechten Seite. Er ist ihr zum ersten Mal beim Roten Kreuz begegnet, als er fünfundzwanzig Worte an Marjolijn schrieb. Peggy (ihr Vater ist Engländer, die Mutter Holländerin) füllte gerade das gleiche Formular aus.

»Ziemlich schwer«, sagte er, »ich schreibe leichter zweitausendfünfhundert Wörter.«

»Leicht«, sagte sie, »ich schreibe nie Briefe, und wenn ich welche kriege, beantworte ich sie nicht.« Er spähte nach der Adresse der Absenderin und schickte ihr noch am selben Abend die bezauberndsten Worte, die er finden konnte, um eine Frau zu beeindrucken. Er wusste, dass er dazu in der Lage war, und wippte vor Vergnügen mit den Beinen. Er klebte die Briefmarke nicht schräg, auch nicht kopfüber, sondern einfach ordentlich auf.

Und jetzt ist er auf dem Weg zu einer Verabredung mit ihr. Da steht sie schon unter der Uhr, direkt darunter, wie vereinbart. Sie ist klein und lacht, nicht nur mit dem Mund, sondern mit der ganzen Person. Er nimmt sie mit in eine Bar namens Odydinos, der Name wird ihr doch sicher gefallen. Aber sie sagt, das Lokal habe nicht ihr Niveau, und führt ihn in einen Club ein. Mit einem Seufzer lässt er seine Brieftasche in ihre Manteltasche gleiten.

Dort nehmen sie ein paar Drinks unter lauter unbeschreiblich vornehmen Menschen, die Maßschuhe tragen und glatte Krawatten. Seine Krawatte ist gelb und zerknittert und ihr Muster ein bisschen ausgelaufen. Eigentlich gehört sie Harmen, einem Matrosen dritter Klasse, der bei ihm sein Gepäck in einem verschlossenen Koffer zurückgelassen hat. Dieses Schloss ohne Schlüssel hat den ehrlichen Charakter des Freundes so verletzt, dass Rädertier zum Dosenöffner gegriffen und den Koffer aufgebrochen hat. Er hat sich ein Spanisch-Wörterbuch herausgenommen und diese Krawatte, doch die passt nicht zu diesem Club, sie rutscht hoch und Peggy zieht sie immer wieder gerade. Er fühlt sich hier unbehaglich und schlägt vor zu gehen. Er möchte ihr etwas zeigen, aber er weiß nicht was, etwas, das in dem vielen Blond eine Flamme aufleuchten ließe, wodurch ein bisschen Wärme in diese wasserblauen Augen käme, etwas, wodurch ihre Sommersprossen dunkler würden, womit er sie wachrütteln könnte. Und dann kam es so, wie er es gewünscht hatte, es ergab sich zufällig, ohne dass er lange suchen musste.

»Schau mal«, sagt er und zeigt auf einen Soldaten mit einem verstümmelten Gesicht, »schau, Peggy, der Mann kann sich nicht einmal mehr die Nase putzen, in seine Augen weht kein Stäubchen mehr und er wird nie mehr küssen.« »Warum zeigst du mir das?«, fragt sie. Kaum hat sie diese Worte ausgesprochen, stolpert sie über einen Beinamputierten, der sich über die Straße schleppt. Sie schreit, und das Rädertier fängt sie auf. Sie hat Angst bekommen und klammert sich jetzt an seinen Arm.

In das Restaurant, wo der magere Kellner das Menü flüstert, als gebe er ein Geheimnis des Hauses preis, kommt ein Soldat in Begleitung einer Frau. Er hat nur noch einen Arm und nur ein, dazu noch steifes Bein. Auch sie werden von dem flüsternden Kellner befragt mit der Folge, dass er ein riesiges gebratenes Huhn bringt. Die Frau nimmt den Teller des Mannes, legt das größte Stück darauf und schneidet es dann für ihn klein. In der Zwischenzeit spielt Peggy ein wenig gelangweit mit ihrem Dessertlöffel, sie hat sich von diesem Abend etwas anderes versprochen. Rädertier betrachtet sie, betrachtet das kleine egoistische Gesicht. Für ihn ist das ganze Abenteuer mit dem Brief beendet, den er ihr geschrieben hat, und mit dem Eintrag ins Notizbuch aus blauem Kunstleder. Jetzt will er nur noch mit ihr experimentieren, sie soll ihm um den Hals fallen und ihn küssen. Er muss versuchen, sie so weit zu bringen, jedoch auf anderen Wegen als den üblichen. Er fragt leise, und auf Holländisch: »Hast du den Soldaten gesehen, Peggy?« Sie nickt. »Er ist ein Offizier, aber der Krieg hat ihn wieder zum Kind gemacht. Beim Warten auf sein Essen, das ihm seine Frau aufschneidet, erinnert er sich an das Warten seiner ersten Kinderjahre, als ihm die Mutter das Brot in kleinen Streifen vorsetzte. Vielleicht hat er sich im Lazarett geschämt, sich von einer Fremden bedienen zu lassen, doch wieder daheim ist das etwas anderes. Wenn du heiratest, Peggy, darfst du nie Ibsens Worte vergessen, dass in einer guten Ehe der Mann die Puppe ist und nicht die Frau.« Sie nickt erneut und denkt: Wenn er so redet, heirate ich ihn garantiert nicht. »Im Gegensatz zu den Tausenden von Ehen, die der Krieg zerstört hat«, fährt das Rädertier fort, »sind die Kriegsversehrten zurückgekommen und bauen möglicherweise aus einer gescheiterten Beziehung wieder etwas Neues auf.« Er trinkt einen Löffel Sauce, einfach Sauce pur, danach ist er ganz verrückt, und Peggy starrt ihn an, so etwas hat sie noch nie gesehen. »Sieh dir diesen Mann an, Peggy, aber natürlich nicht direkt, iss zuerst noch eine Kartoffel.« Peggy gehorcht, dreht dann den Kopf und sieht ein schönes Gesicht, sogar zu schön, mit tiefliegenden, ein wenig gekünstelten Augen. Die Frau wirkt viel älter und der bittere Zug um ihren Mund verschwindet durch die Aufmerksamkeit, mit der sie die Bewegungen ihres Mannes beobachtet, der gerade einen Bissen Essen hat fallen lassen und mit der Serviette über seine Hose reibt. Sie schiebt den Brocken mit der Schuhspitze unter den Stuhl und sagt etwas, worüber beide herzlich lachen müssen. »Früher«, fährt Rädertier fort und er sieht Peggy in die wasserblauen Augen (sie ist noch nie in ihrem Leben einem so sonderbaren Mann begegnet), »lag sie abends allein in ihrem Bett und wartete und dachte: Warum kommt er nicht nach Hause? Habe ich dafür geheiratet? Jetzt ist er immer bei ihr und um sie, denn er kann die Blicke der Frauen, die er auf der Straße sieht, nicht mehr ertragen. Mitleid, reines Mitleid. Selbst wenn eine in einer ersten Anwandlung dächte: Wie herrlich würde ich es finden, wenn mich dieser Mann in seine Arme nähme, würde sie sich doch gleich korrigieren und aus Arme Arm machen. Damit wäre ihr dieser Wunsch bereits vergangen, und schon deshalb kommt er früh nach Hause.«

»Ja gut«, sagt Peggy, »das mag so sein.« So hat sie noch nie darüber nachgedacht, wenigstens nicht beim Ausgehen, davon kriegt sie nur Falten. Er sieht eine kleine blaue Ader direkt über ihrer Nase und hat Lust hineinzubeißen, aber um das zu unterlassen, beißt er in ein Stück Brot. Jetzt kommt eine Wahrsagerin herein, sie lässt sich von dem mageren Kellner nicht vertreiben. »Jeder hat das Recht, sein Brot zu verdienen«, sagt sie laut, »und außerdem ist Krieg.« Sie legt einen Umschlag neben Rädertiers Teller: Ihre Zukunft gegen Sixpence.

»Willst du deine Zukunft wissen, Peggy?«

»Oh nein, oh nein, der Abend ist schon grässlich genug. Ich meine, du bist sehr nett, aber um uns herum sind lauter schreckliche Sachen. Ich habe noch nie so ein Rendezvous gehabt. Wenn ich das vorher gewusst hätte …«

Rädertier holt ein bisschen Geld aus der Tasche und reicht es der Zigeunerin. Eine Münze fällt in Peggys Sherryglas. Weg. Die dunkle Frau zögert nicht, sie streckt die Hand aus, doch kurz bevor ihr Finger im Wein versinken will, offenbaren sich unter dem schwarz pomadisierten Haar die guten Manieren ihrer fernen Vorfahren. Und deshalb zieht sie den Finger zurück, trinkt das Glas leer, spuckt das Geldstück in ihre Tasche und nimmt den Umschlag mit der Zukunft wieder mit. Danach kommt Peggy noch einmal auf den Offizier zurück. »Und gefällt das seiner Frau, dass er früh nach Hause kommt, nur weil er verkrüppelt ist?«, fragt sie. »Natürlich, Peggy, sie empfängt ihn wie ihr Kind, das aus der Schule kommt. Und ihr Glück wäre vollkommen, wenn sie ihn in einem Wägelchen durch die Gegend schieben dürfte. Das ist die neue Phase ihrer Ehe. Sie kann ihn zwar nicht in eine Sportkarre setzen, aber sie zieht ihn aus, und es ist auch sie, die ihn ins Bett legt; und erst dann spürt er seine ganze Hilflosigkeit. Denn weiß der Himmel, was an seinem Körper sonst noch versehrt ist. In dem Augenblick, wenn sie ins Bett steigt, würde sie am liebsten weglaufen, aber noch stärker wird ihr Verlangen sein, diese eine Hand an ihrem Körper zu spüren, dieses eine Bein zu berühren und zu streicheln, als ob es einem anderen gehörte …«

»Hör auf!«, ruft Peggy, »mir reicht's mit deinen Geschichten. Was bist du nur für ein seltsamer Mann. Machst du das mit allen Frauen so?«

»Mit allen, bis auf eine.«

»Wer ist die eine?«

»Sie heißt Wichtelchen.«

»Mann, bist du banal«, sagt Peggy, »soll ich dir jetzt mal was erzählen?« Sie trinkt noch einen Sherry. »Ich war nicht immer so vornehm, wie ich jetzt bin. Deshalb bin ich die gewöhnlichen Bars und schlechten Krawatten so satt, weißt du. Als ich noch nicht so fein war, habe ich auch eine Geschichte mit einem Bein erlebt. Aber längst nicht so gruselig. Soll ich sie dir erzählen? Mit dir kann eine Frau ja nicht normal reden.«

»Und wenn du normal reden könntest, was würdest du dann sagen?«

»Nichts. Antworten. Das mache ich meist mit Männern. Aber dir erzähle ich eine lange Geschichte … ich war ungefähr zwölf Jahre alt und sollte für meine älteste Schwester ein Paar Schuhe zum Schuster bringen. Pass auf, dass du sie nicht verlierst, sagte sie, und wenn du heimkommst, darfst du dir als Belohnung eine schöne Haarschleife von mir ausleihen. Das war toll, vor allem, weil ich ein paar Tage vorher aus Wut, weil sie mir nicht sagen wollte … nein, nein, das kann ich dir nicht erzählen.« *»Don't be silly, darling«*, sagt er und lässt ihr einen Cognac bringen.

»Nein, nein, wirklich nicht, dafür bin ich jetzt zu vornehm, man würde denken, dass …«

»Wenn du nicht weitererzählst, gehe ich und du darfst bezahlen.«

»Ich habe deine Brieftasche.«

»Oh ja, stimmt, gib sie zurück!«

»Nein, ich mache ja schon weiter. Also, meine Schwester, sie hatte mir nicht sagen wollen, wofür, pfui Spinne, es ist so eklig, na gut, eins, zwei, drei … wozu *›serviettes hygiéniques‹* gut sind, und um mich zu rächen, habe ich dann ihre Schachtel mit Haarbändern versteckt und so einen Zettel auf ihr Kissen gelegt: Du denkst vielleicht, dass ich ein dummes Schaf bin, aber ich weiß trotzdem, dass Du die komische Watte um Deine Brüste schnürst, wenn Milch rauskommt … Bah, was schäme ich mich …«

»Milch«, wiederholt das Rädertier, und leise, »Milch von Papa Farinet, morgens vor der Tür.« Er lässt ihr noch einen Cognac bringen. »Ich sagte zu Aleida, meiner großen Schwester, dass ich das ›sehr gern‹ für sie erledige, denn je höflicher man zu ihr war, desto mehr konnte man bei ihr erreichen. Und ich zog mit den Schuhen los, mit denen sie am nächsten Abend tanzen wollte. Aber als ich beim Schuhmacher ankam, war nur noch einer da.«

»Ach du liebe Güte«, sagt das Rädertier.

»Auf dem Rückweg bin ich an allen Läden vorbeigegangen, von denen ich mir die Auslagen angeschaut hatte. Das war sogar lustig, noch einmal all die Sachen zu sehen, die ich nie kaufen könnte. Aber ich fand ihn nicht. Und als ich wieder beim Schuhmacher ankam, war der Laden zu. Ich wickelte den anderen Schuh aus dem Zeitungspapier, er war groß, schmal und glänzend. Aleida ging mit nach außen gedrehten Füßen, das sah man richtig. Ich lief nach Hause und klopfte bei ihr an. Kleinen Augenblick, hat sie gesagt, sie wollte nie, dass ich sie nackt sehe. Ich wartete geduldig. Gefällt dir die Geschichte eigentlich?«, fragt sie dann.

»Großartig«, sagt er, »ich wusste nicht, dass du so warst, ich wusste nicht, dass einem so etwas passieren kann.« Er nimmt ihre weißen Hände und streichelt sie.

»Ja, früher«, sagt sie, »jeder Mensch ist vielleicht mal nett gewesen. Richtig nett.«

»Erzähl weiter, Schatz«, schmeichelt er und gießt ihr wieder nach.

»Na, Kleine, sagte meine Schwester, hast du die Besorgung erledigt und kannst die Schuhe morgen abholen? Aleida, fragte ich, kennst du jemanden, der kein rechtes Bein mehr hat? Sie dachte kurz nach und sagte: Die jüngste Tochter von dem Bäcker, der sonntags auf hat. Aber warte, die hat, glaube ich, ihr linkes Bein verloren, nicht das rechte. Oh ja, dann ist da noch Klaas, du weißt schon, der Dorftrottel in, wie heißt das Städtchen bloß, wo wir letzten Sommer waren? Das ist ein Mann, antwortete ich, der braucht keinen Frauenschuh. Sie sah mich an. Was ist los?, fragte sie. Dann bekam ihr Gesicht einen grässlichen Zug, sie starrte mich an, als ob ich einen Mord begangen hätte, und schrie: Du hast doch nicht etwa einen Schuh verloren, du elendes Miststück? Doch, sagte ich, und da ist der andere. Einen härteren Schlag habe ich nie bekommen.«

»*Poor* Peggy.«

»Sie schlug mir den Schuh um die Ohren und zerrte mich an den Haaren und riss mir die Schleife herunter und schleuderte den Schuh und die Schleife und mich in eine Ecke und stürzte weinend die Treppe hinauf. Sie rief: Du bist gemein, hundsgemein, ach Mutter, hör doch nur, was dieses Kind angestellt hat! Und morgen soll ich tanzen, ach Mutter, ach Mutter!«

»Was für ein Miststück«, sagt das Rädertier. »Hier, trink noch was.«

»Ich steckte die Schleife wieder in meine Haare, hob den Schuh auf und nahm ihn mit in mein Zimmer. Er war prima geeignet, um ihn an Weihnachten unter den Kamin zu stellen, da passte alles Mögliche rein, bis zu einem Paar neuer Schuhe für mich. Ich hätte ihn auch vergolden lassen können, aber dafür war das Kaminsims nicht breit genug. Dann bin ich rausgegangen und habe ihn auf die Straße gestellt, gegen einen Briefkasten gelehnt. Und an der Straßenecke habe ich abgewartet. Zuerst kam ein alter Mann, der leckte den Umschlag zu und warf den Brief nicht in den Kasten, sondern legte ihn mit der Hand hinein. Das habe ich nie vergessen. Seither mache ich es genauso. Er ist fast über den Schuh gestolpert, zog den Hut und ging weiter. Danach kam ein Dienstmädchen. Sie ließ die Hälfte ihrer Post fallen, bückte sich und betrachtete den Schuh. Sie probierte ihn gleich an, aus ihrem grauen Strumpf ragte ein schwarzer großer Zeh. Sie sagte laut etwas, das ich nicht verstand, ging weg, drehte sich um, kam zurück, zog wieder ihren Schuh aus, faltete ihren Strumpf doppelt, probierte den Schuh noch einmal an und ging dann wieder weg. Anschließend kamen drei Jungs am Briefkasten vorbei. Schaut mal, schrie der eine, da hat einer seinen Schuh verloren. Das ist ein Fußball, rief ein anderer, und es hätte nicht viel gefehlt und mir wäre das Ding schon wieder an den Kopf geflogen.

Als ich mittags auf dem Schulweg beim Schuhmacher vorbeikam, klopfte jemand ans Fenster. Junges Fräulein, schau mal, was meine Frau gefunden hat, gleich neben dem Laden. Er hielt mir den rechten Schuh vor die Nase.«

»Ach du meine Güte, Peggy!«

»Ich muss ziemlich komisch geschaut haben«, sagt Peggy, »denn er fragte: Geht es Ihnen nicht gut? Nein, ich bin nicht krank, antwortete ich, geben Sie mir den Schuh, aber sagen Sie bitte nichts zu meiner Schwester, wenn Sie sie sehen. Sie wissen schon, die Lange, Magere mit den roten Haaren. Ich bin nach Hause gegangen, habe das Ding eingepackt und draufgeschrieben … Der mir unbekannten Frau zuzustellen, die kein rechtes Bein mehr hat und Schuhgröße 41. Und den habe ich wieder neben den Briefkasten gelegt, bin diesmal aber gleich weitergegangen.

»Findest du das schön?«, fragt sie, »findest du nicht, dass ich gut erzählen kann? Das ist die Geschichte, die ich immer erzähle, wenn ich ein bisschen zu viel getrunken habe. Aber heute Abend hat sie prima gepasst, nach all den verlorenen Körperteilen. Eine andere kenne ich nicht, aber wenn ich eine kennen würde, wolltest du sie dann noch hören?«

»Nein«, sagt er schroff. Dann sieht er sie an. Verdammt, warum hat sie ihm das erzählt, das ist doch eine Geschichte, die Wichtel erzählen müsste. Er ist Wichtel untreu gewesen, und das, obwohl er Peggy nicht einmal geküsst hat. Er will ihr schon zuhören, aber keine Geschichten aus ihrer Kindheit, was gehen die ihn an, Peggys Kinderjahre, er will nur von Wichtels Kindheit hören, sie ist jetzt allein daheim, denn es ist schon spät und dieser Delegiertenkongress der Rothäute ist bestimmt zu Ende. Er bezahlt, und sie brechen auf. Peggy ist ein bisschen bedrückt. Jetzt hat sie ihm so etwas Nettes erzählt, über das immer alle Leute lachen müssen, was ist das nur für ein komischer Kauz, dieser Mann. Sie wagt einen letzten Versuch und schmiegt sich an ihn und schlingt ihm die Arme um den Hals. Sie riecht so schrecklich blond, ein Geruch, von dem ihm ganz schwindlig wird. Wenn man sich ihrer Haut nähert, sticht er einem direkt in die Nase. Er küsst sie auf den Mund. Die Untreue lässt nach. Sie ist jung und ihre Lippen sind willig. »Wo wohnst du?«, fragt er. »Du kannst mitkommen, wenn du willst«, antwortet sie.

Da sieht man's wieder, da sieht man's wieder, überall sind Mädchen, die man für eine Nacht kriegen kann. Sie sind einfach und großzügig, man braucht nichts zu bezahlen, man kann drei an einem Abend haben, auch zwei gleichzeitig, wenn man das möchte. Da sieht man's wieder, da sieht man's wieder …

»Was schaust du denn so betreten«, fragt sie, »weißt du, ich wohne mit einer Freundin zusammen, einem sehr netten Mädchen. Sie hat pechschwarzes Haar, so lustig, wenn wir zusammen im Bett liegen. Und ich habe Whisky im Haus und Schinken …«

Er küsst sie wieder, hält ein Taxi an, sie steigt ein und er sagt etwas zum Fahrer. Der schlägt die Tür zu und der Wagen fährt ohne ihn weg.

»Hattest du in deiner Kindheit mal ein Erlebnis mit einem Schuh?«, fragt das Rädertier Wichtel.

»Mit einem Schuh?« Sie verneint nicht, sondern erzählt ihm eine Geschichte, die sie erfindet, während sie ihre Sätze baut. Er hört ihr zu, er merkt nicht einmal, dass alles ausgedacht ist, er will die andere Geschichte vergessen, die war zu gut für so eine Eintagsfliege, das brachte die Untreue mit sich. Er will keine

Mädchen kennenlernen, die etwas zu erzählen haben, auch wenn sie zu viel getrunken haben, er will keine Mädchen kennen, die nette Kinder gewesen sind, keine anderen Frauen erleben als Wichtel.

»Wie kommt ein Knirps nur auf so eine Idee«, sagt er, als sie »Ende!« ruft. Und mit einem Mal sieht er sie als Kind, als junge Frau. Wenn er sie damals gekannt hätte … Vor einem, zehn, nein, vor bestimmt zwanzig Jahren hatte sie noch niemand berührt, war die Haut um ihre Augen herum glatt und schimmernd, waren ihre Haare dunkel, ohne diese Silberfäden, die man sich nur als Silber denkt, weil Grau so ein betuliches Wort ist. Ihre Brüste haben sich vielleicht am wenigsten verändert, volle, aber feste Brüste hat sie, und ihre Brustwarzen sind versteckt; sie zeigen sich nur, wenn man sie berührt.

Der Gedanke an ihre Kindheit erregt ihn ebenso sehr, wie ihn der an Peggys unruhig gemacht hat. Er gibt ihr einen Kuss. Warum hat er nur so rote Flecken auf den Wangen, und nach wem und wonach riecht sein Mund, fragt sie sich. »Zieh dich aus«, sagt er. Nie hat er eine Frau sich so schnell ihrer Kleider entledigen sehen. Ein Häufchen Rosa liegt auf dem Boden, ihr heller Körper mit den wilden Haaren gleicht einer überreifen exotischen Pflanze.

»Jetzt sind wir beide zwölf Jahre alt«, sagt er, »was werden wir tun? Wenn du damals ein Rädertier gehabt hättest, was hättest du dann getan? Erzähl es mir, Wichtel.« »Ich wäre weniger einsam gewesen«, sagt sie. »Ich auch«, gibt er zurück. Dann sind sie still. Sie sehen sich an, ihr Atem tanzt mit, dort, wohin sich ihre Lippen bewegen. Er nimmt sie in seine Arme, sie küsst ihn, küsst ihn überall.

»Wie fühlst du dich?«, fragt sie.

»Herrlich unzufrieden«, antwortet er.

Dann fesselt sie die Liebe abermals und immer fester.

La Baronne de Troulieu sagt: »Es tut mir leid, Monsieur, aber meine Gärtner haben keinen Kinderschuh gefunden. Warum laufen Sie denn auch auf ›*Propriété privée*‹ herum, das ist nur die naturgemäße Strafe.«

»Baronesse«, erklärt das Rädertier, »mein kleiner Sohn wollte unbedingt Ihre Wassermühle sehen. Ich habe noch versucht, ihn zurückzuhalten, aber er fing so schrecklich zu schreien an. Meine Frau und meine Tochter haben dann an der Straße gewartet, und wir konnten zwei Stunden unbeobachtet in Ihrem Paradies verbringen. Als wir wieder zu meiner Frau zurückkamen, die sich schreckliche Sorgen gemacht hatte, merkte Kareltje, mein kleiner Sohn, plötzlich, dass er nur noch einen Schuh anhatte. Es war schon spät geworden, und ich habe das Kind auf dem Arm getragen, aber ich versichere Ihnen, Baronesse, bis Monflours ist es ein ziemlich langes Stück. Und der Junge wiegt mindestens achtzehn Kilo. Nun hat mich meine Frau heute erneut hierher geschickt, aber mit der Ermahnung, ich dürfe nicht wieder unrechtmäßig Ihr Schloss durchqueren, sondern solle Sie um Erlaubnis bitten, den Schuh suchen zu dürfen. Gestatten Sie es mir, Baronesse?«

La Baronne de Troulieu denkt einen Moment nach. Das ist eine merkwürdige Geschichte und in ihrem Schloss in der Mayenne passieren nicht besonders viele merkwürdige Dinge. »Welche Nationalität haben Sie?«, fragt sie.

»Ich bin Holländer«, antwortet das Rädertier, »aber vor meiner Heirat habe ich ein paar Jahre in Paris gelebt.«

»Abgesehen von Ihrem Akzent, der höchst unmusikalisch ist, sprechen Sie meine Sprache ziemlich ordentlich. Ach, Holland«, sagt sie dann, »das Land meiner Träume. Holzschuhe, Mühlen, Tulpen und viele Protestanten, nicht wahr?«

»Ja, viele, Baronesse.« Er möchte sagen: Sie dürfen einen Monat lang bei mir wohnen, wenn ich nur nach diesem kleinen Schuh suchen darf, ach, lassen Sie mich doch bitte suchen, Marjolijn ist so böse, sie will nicht einmal mehr ... Und ich habe gerade so ein großes Bedürfnis nach Wärme ... Und er sagt: »Wenn ich Ihnen einmal zu Diensten sein kann, Baronesse, ich verfüge in meinem Vaterland über verschiedene Beziehungen, die Ihnen bei einem Besuch der Niederlande bestimmt mit dem größten Vergnügen behilflich wären.«

»Danke, vielen Dank«, antwortet die graue Dame, »wir kennen dort Baron de Neauforte, stammverwandt mit unseren Urahnen. Wie hat es Sie eigentlich in unsere Provinz verschlagen?«

»Ich habe einen Monat Urlaub, und wir wünschten uns sehr, diese Zeit in Frankreich zu verbringen. Bei uns ist das Klima so unbeständig und die Kinder brauchen nach diesem strengen Winter viel Sonne. Ich habe einen alten Freund aus dem spanischen Gefängnis – Pardon, ich bin kein Dieb, Baronesse, auch kein Mörder, ich war damals, während des Kriegs, auch in illegale Aktivitäten verwickelt –, der heute in Rennes wohnt, er hat für uns eine Pension gefunden.«

Das Gespräch wird zu intim, denkt la Baronne de Troulieu und winkt einen der Gärtner herbei. »Führ Monsieur herum, er sucht einen Kinderschuh.« Sie nickt dem Rädertier zum Abschied zu, geht ins Schloss und kommt mit einer Ansichtskarte zurück. »Vielleicht nett, das hier Ihren Freunden in Holland zu zeigen«, sagt sie, »das Fort haben die Engländer im Hundertjährigen Krieg erbaut.«

Rädertier bedankt sich und wandert mit dem Gärtner noch einmal alle Pfade ab, die er gestern mit Kareltje gegangen ist. Doch weil Kareltje wie ein junger Hund alle Wege fünfmal hin und her springt und dabei noch in viele andere Ecken tollt, bleibt die Suche erfolglos. Er gibt dem Gärtner eine Zigarette, der mit einem Mal sehr freundlich fragt: »Vielleicht im Teich?« »Ich werde schwimmen«, sagt das Rädertier, zieht sich hinter einem Baum aus und springt ins laue Wasser. Am Fenster steht la Baronne de Troulieu, so etwas hat sie noch nie erlebt, in ihrem Teich schwimmt ein nackter Fremder!

»Wonach schaust du?«, fragt der Baron, worauf sie sich umdreht und zum ersten Mal bemerkt, dass sein Brustkorb kümmerlich und eingefallen ist.

Zwischen den Seerosen und den Schwertlilien hängt der Kinderschuh, keck, als hätte er dort schon immer gehangen. Rädertier greift ihn und drückt einen Kuss darauf. Viele Begebenheiten gleichen sich in unterschiedlichen Menschenleben, denkt er. Sie ereignen sich früher oder später, aber sie kommen. Wie hieß das Mädchen bloß, das mir die Geschichte von dem verlorenen Schuh erzählt hat? Nein, es war nicht einfach ein Mädchen, es war doch Wichtel …

»In unserem Leben gibt es zu wenig Abwechslung!«, ruft er. »Wer denkt sich mal was Neues aus?«

»Was Neues?«, fragt Marjolijn und reißt ihm den Schuh aus der Hand.

»Ich, Vater«, sagt Annette, »ich weiß was. Ich habe ein Marienkäferchen gegessen! Hat das schon einer vor mir gemacht?«

8
Der langweilige Engländer

Wenn ich deine Mutter wäre, würde ich dich lieben,
Wenn ich deine Frau wäre, würde ich dich bewachen,
Wenn ich deine Geliebte wäre, wollte ich dich betrügen.

Der Morgenmantel ist aus dunkelblauer Seide mit gelbem Kragen und Manschetten. Als er noch keinen hatte, hat er ihm nicht gefehlt, aber jetzt kommt er nicht mehr ohne aus. Genau wie mit seinem Wichtel. Ein pockennarbiges Ladenfräulein hat ihm dieses Kleidungsstück verkauft. Es war an einem Nachmittag, er kam aus dem Büro und streifte noch ein bisschen durch die Straßen und betrachtete die Schaufenster, da lagen für zwei Guinee blaue Ohrringe und für einen mehr Pyjamas aus Kordonettseide. Ziellos betrat er die Geschäfte, musste jedoch überall so lange warten, dass er wieder auf der Straße stand, bevor er an die Reihe kam.

Bis er der Pockennarbigen begegnete. Sie hatte ein bleiches Gesicht und trug ein schwarzes Kostüm. Sie sah so traurig aus (und der Laden war leer), dass er ihre Hand nahm und sie kurz festhielt. »Erzählen Sie mir etwas von Ihrem Leben«, sagte er. Sie erschrak nicht, lachte nicht, weinte nicht und zog auch ihre Hand nicht zurück. »Wenn das zu schwer ist«, fuhr er fort, »erzählen Sie mir doch die Geschichte eines Morgenmantels.« In ihren matten Augen leuchtete etwas auf. Sie hatte lange auf das große Abenteuer gewartet, was machte es nun aus, wie es begann? Jedenfalls war die Geschichte des Morgenmantels wahrscheinlicher als die ihres Lebens: vorherbestimmt zur Monotonie der täglich wiederkehrenden, einsamen Tätigkeiten.

»Welches Morgenmantels?«, fragte sie.

»Des teuersten«, antwortete er, »ich will den teuersten haben.«

Das Mädchen entkleidete eine Schaufensterpuppe, die ein grobes Holzskelett hatte, und führte das Rädertier zur Ankleidekabine. Sie half ihm aus dem Jackett und machte eine Bemerkung zu dem Gummiband, das er um seine Hemdsärmel trug. »So erzählen Sie doch«, drängte er. Sie wusste nichts zu sagen, fühlte aber, dass sie sprechen musste.

»Seidenraupen sind damit nicht in Berührung gekommen«, bemerkte sie, »er kostet zwölf Pfund und vierzehn Textilpunkte.«

Diese Antwort verblüffte das Rädertier. Er zahlte und ging mit dem Mantel über dem Arm nach Hause. Dort hängte er ihn an die Tür und betrachtete ihn, bis die Sirenen zu heulen begannen. Dann zog er ihn über seinen Anzug, empfand aber eine leichte Enttäuschung, weil er zu groß war, und ging in das Souterrain. Er hörte die ersten Robot-Bomben ankommen, und als sie wie Schnellzüge über das Hausdach rasten, verkroch er sich unter den Tisch, die Hände vor den Augen. Dort blieb er und fühlte sich feige, aber sicher. Der Tisch war mindestens hundert Jahre alt und so schwer, dass Papa Farinet ihn nicht allein verrücken konnte. Farinet war nicht zu Hause und konnte deshalb nicht, wie er es sonst immer tat, winkend durch die geöffnete Haustür das Böse beschwören. Und auch Wichtel (ja, wo war sie bloß heute Abend?) konnte nicht mit festem Griff die kalten Finger des Rädertiers umfassen.

Er zählte die Bomben, drei, vier, fünf, und kam, ohne sich bewusst zu sein, dass er zwei für eine nahm, auf achtundzwanzig. Die letzte schlug unweit seiner Straße auf, die Fenster zitterten, die Gardinen begannen zu flattern, aber ihm passierte nichts. Gleichzeitig kam das *»all clear«*, Entwarnung. Er zog den Morgenmantel wieder aus, schnappte sich den Stahlhelm eines Unbekannten, setzte ihn auf und lief weg. Ein großer Trübsinn überkam ihn, als er in der Ferne Flammen und Rauch aufsteigen sah. Es erinnerte ihn daran, wie in seiner Heimatstadt, als er für das Abitur lernte, ein Brand ausgebrochen war, in einem hochangesehenen Haus wohlgemerkt, bei dem vier Menschen ums Leben gekommen waren. Alle waren entsetzt darüber, tagelang gab es kein anderes Gesprächsthema. Die Königin sprach ihr Mitgefühl aus, und Frans Winter bekam eine sehr gute Note für seinen Aufsatz mit dem Thema: »Ein Unglück ist schnell passiert«.

Jetzt im Krieg war niemand mehr entsetzt. Jeder dachte wie er: Wenn die Bombe nur nicht mein Haus trifft oder nicht mir auf den Kopf fällt. Inzwischen waren Freiwillige dabei, das Glas wegzufegen. Überall Rot-Kreuz-Autos, Tragbahren, Feuerwehr und Polizisten. Weil er ohnehin allein war, half er eben mit, Steine zu schleppen. Wieder heulten die Sirenen. Es war schon mehrfach vorgekommen, dass die Bomben an einem Tag an fast genau derselben Stelle einschlugen, warum also länger hier bleiben? Vielleicht war das nicht mutig, aber er fühlte sich nicht als Mensch dieses Jahrhunderts, und um 1700 hätten die Männer alle wie er reagiert, mit Abscheu, Angst und Unverständnis. Oder vielleicht auch nicht, aber er konnte jedenfalls nicht anders. Es war schon lange her, dass er sich so sehr gewünscht hatte, die Sprache der Vögel zu verstehen. Deshalb war ihm ein Gedicht von Hein Boeken immer im Gedächtnis geblieben:

Die sich am Vogelzwitschern freuen,
Die wird's im Alter nicht gereuen,
Die zarten Töne noch zu hören
Und zu sinnen, warum sie so betören.

Aber diese Worte gehörten ebenfalls zur guten alten Zeit. Er hätte gern gewusst, was die Vögel davon hielten, von dem Lärm in ihrer Welt, wie viele umkamen und ob im Krieg ihre Geburtszahlen stark zurückgingen und ihr Gehör schärfer wurde. Er lief durch die düsteren Straßen nach Hause, flüchtete auf dem Weg noch einmal in einen kleinen Bunker, wartete dort wieder auf das *»all clear«* und kehrte danach zu seinem Morgenmantel aus dunkelblauer Seide mit gelbem Kragen und Manschetten zurück.

Wichtel liegt schon im Bett. Was sieht er da? Über dem Stuhl hängt ihr neuer schwarzer Mantel, sie hat zwar keine extra Sonntagskleider, aber das ist doch ihr bester Mantel, den sie nur zu besonderen Anlässen trägt. Wie merkwürdig, auf dem rechten Revers steckt ein halb verwelktes Veilchensträußchen. Und was ist das? Ein Hut, hat sie heute Abend eigens einen Hut aufgesetzt? Warum um Himmels willen? Das macht sie doch nie. Er nimmt das Ding in die Hand, eine Traube aus schwarzem Samt, besetzt mit grauen Federchen. Dann setzt er den Hut auf und betrachtet sich im Spiegel. Aber er kann nicht einmal darüber lachen. Denn was hat das alles zu bedeuten? Und Wichtel, die doch sonst schon aufwacht, bevor er den Lichtschalter umdreht, schläft tief und fest weiter. Ihre Wangen sind rosig und die Augen von ihren Locken bedeckt. Er beugt sich über sie, spürt ihren Atem in seinem Gesicht und riecht Braunbier. Das ist zu viel. Man soll nie jemanden wecken, wenn es nicht nötig ist, hat sie ihm beigebracht, aber jetzt muss er doch ihren Kopf hin und her schütteln und ihr die Decke wegziehen; und da schlägt sie die Augen auf und sagt noch ein bisschen verwirrt: »Guten Abend, Rädertier, wo bist du gewesen und wie kommst du zu diesem wunderbaren Morgenmantel?« »Wo bist du gewesen?«, ruft er, »warum hast du deinen schönen Mantel angezogen und einen Hut getragen und hier, wie kommst du zu den Blumen, und du hast getrunken, ich rieche es, ach Wichtel, ich will nichts mehr mit dir zu tun haben, du hast mich betrogen, du hast einen anderen. Ich werde meine Koffer packen und gehen, noch heute Abend.« Erst tigert er im Zimmer auf und ab, dann immer wieder um den invaliden Sessel herum, er nimmt den Morgenmantel vom Bügel, legt ihn zusammen und steigt auf einen Stuhl, um einen Koffer vom Schrank zu holen. Doch der Koffer weigert sich, so spät am Abend vom Schrank herunterzukommen, und klemmt sich an den anderen fest, die unter ihm liegen, und weil das Rädertier nicht aufhört zu zerren, fallen alle mit einem Schlag herunter. Es ist ein Heidenspektakel, und gleichzeitig beginnen erneut die Sirenen zu heulen. »Komm mit, komm mit!«, ruft er, und sie zieht ihre Kleider an, den schönen Mantel mit dem Bukett, sie nehmen das Köfferchen mit den wertvollen Papieren und rennen durch dunkle Straßen, Hand in Hand (kalte Hand in kalter Hand), bis sie zur »Underground« kommen. In der Menschenmenge, hier, wo es sicher ist, beginnt er wieder zu wüten, ja tatsächlich zu toben. »Wo bist du gewesen, sag mir, wo du gewesen bist, sonst bring ich dich um!«

»Ach, ich hab meine Blumen verloren«, sagt sie, »die Blumen von Jimmy. Ich war heute Abend mit ihm tanzen, auf ihn kannst du doch nicht eifersüchtig sein, Rädertier, er ist doch kein richtiger Mann, das weißt du doch.«

»Es war nicht Jimmy«, sagt er, »ich weiß, dass es ein anderer war.«

»Ja, es war nicht Jimmy. Es war ein Engländer, so ein Langweiler, glaub mir doch, aber es ist so gut für mein Englisch. Sonst lerne ich nie ordentlich zu sprechen.« »Was hast du mit ihm gemacht, was hat er mit dir gemacht?«

»Nichts, gar nichts. Beim Abschied hat er mir einen Kuss auf die Wange gegeben.«

»Und sich wieder verabredet?«

Sie antwortet nicht mehr. Sie fängt plötzlich zu singen an, und was für ein Lied. »Drei kleine Knirpse, die saßen auf 'nem Zaun, ganz oben auf 'nem Zaun.« »Das ist jetzt völlig unpassend!«, schreit er, »damit hat bei uns alles angefangen, jetzt ist es das Ende.«

Sie ergreift seine Hand, aber er zieht sie zurück und läuft davon zum anderen Bahnsteig, wo er zwischen den Menschen verschwindet. So wartet sie allein ab, bis die Sirenen wieder heulen, und in der dunklen Straße auf dem Heimweg meint sie ihn zu erkennen, aber es ist ein anderer, der höflich vor ihr den Hut zieht und murmelt, dass es ihm leidtäte, der Falsche zu sein.

Zu Hause stellt sie Teewasser auf und zündet den Gasofen an. Dann nimmt sie den Morgenmantel vom Haken, betastet die Seide, zieht ihn an und gerade, als sie vor dem Spiegel steht, geht die Tür auf und das Rädertier kommt herein.

Ein betrunkener Mann ist ein betrunkener Mann, und ein wütender Mann ein wütender. Ein betrunkener Mann muss aufs Bett gelegt werden, einfach so, mit allen Kleidern und ein paar zusätzlichen Vorsorgemaßnahmen. Dann muss man ihn schlafen lassen, vor allem nicht mit ihm reden. Mit einem wütenden Mann muss man das Gegenteil machen, argumentiert Wichtel. Und sie nimmt ihm den kleinen Koffer aus der Hand, zieht ihm den Regenmantel aus, das Jackett und hilft ihm in den noch warmen Morgenmantel aus dunkelblauer Seide mit gelbem Kragen und gelben Manschetten. Er lässt sie gewähren, er gönnt ihr keinen Blick, aber dann dreht sie ihn so, dass er wohl oder übel in den Spiegel schauen muss. Und sie knotet den breiten Gürtel und kämmt ihm die Haare, und dann sieht sie, wie er versucht, sich das Lachen zu verkneifen. Er beißt sich auf die Unterlippe, als ob er weinen wolle, aber seine Lippen kräuseln sich nicht nach unten, sondern nach oben. Sehr lange kann er das nicht durchhalten. Dann lachen beide ihrem Spiegelbild zu und so, mit den Köpfen nebeneinander, wirkt es, als würden sie für den Fotografen posieren. Und sie küssen sich, aber da fängt er wahrhaftig wieder an!

»Wo hast du gesteckt, mit wem warst du zusammen, sag mir jetzt die Wahrheit.«

»Hör mal«, kontert sie energisch, »wenn du nach Hause kommst mit diesen komischen roten Flecken auf den Wangen und einem fremden Geruch an dir, frage ich dich nie etwas, und wenn du mich schlafend im Bett findest, machst du eine solche Szene.«

»Das ist mein gutes Recht als Mann. Ihr Frauen habt uns gegenüber nur Pflichten. Ihr habt von Hause aus treu zu sein, und wenn das nicht so ist, bist du ungeeignet für die Ehe.«

»Aber wir sind gar nicht verheiratet«, gibt sie darauf zurück und sie denkt an Marjolijn und die Kinder. Er folgt ihren Gedanken und weiß, wie sie jetzt bei seinem anderen Leben gelandet ist, bei dem Leben, in das er, wer weiß wie bald, zurückkehren wird. Er weiß auch, dass er jetzt aufhören muss herumzuschreien. Die Hände in den Taschen seines Morgenmantels vergraben, steht er vor ihr. Was ist denn das? Er holt einen Zettel heraus und liest: *If you like me, as I like you, please ring Grosvenor 3254. Alice.*

Dann zieht er sie mit auf den invaliden Sessel und so, mit seinem Wichtel auf den Knien (und weiß Gott, sie ist dafür zu groß, 1 Meter 70 oder so), erzählt er ihr die Geschichte vom pockennarbigen Ladenfräulein Alice.

Eines Nachts hat er einmal zu ihr gesagt: »Wenn ich nicht wüsste, dass dich auch andere Männer haben wollen, würde ich denken, die Frau hat ihre besten Jahre hinter sich. Aber gerade weil ich davon überzeugt bin, dass du mich betrügst, komme ich immer wieder, und stürmischer, zu dir zurück.«

Sie hat diese Worte nie vergessen können. Den Engländer hat es gar nicht gegeben, Jimmy dagegen war nicht so ungefährlich, wie es vielleicht aussah. Und trotzdem hat sie Rädertier, solange sie zusammen waren, nie betrogen. Gegen ihren eigenen Willen hat sie Komödie gespielt, doch da die Naturgesetze es so verlangen, hat sie sich diesen Gesetzen gefügt.

Oft muss sie noch lachen, wenn sie an diesen Abend zurückdenkt. Die Blumen hatte sie selbst gekauft und den Hut von Mrs. Williams geliehen. Irgendwo in einem Pub hatte sie ein Glas Braunbier getrunken und ein Mann neben ihr hatte gleich angeboten, ihre Zeche zu bezahlen. Sie hatte angenommen, weil sie neugierig war, wie es sich weiter entwickeln würde. Er hatte ihr dann auch etwas zu essen spendiert, ein Sandwich mit etwas Salzigem dazwischen. Es war ihr sehr schwergefallen, sich in diesem schönen Old-Bond-Street-Mantel als arm auszugeben.

So hat sie dort zwischen allerlei Männern gestanden. Ein Viehhändler erzählte ihr ausführlich von seinen vierzehn Kindern, sechs Söhne arbeiteten schon jetzt bei ihm mit. Sie hat zugehört und getrunken.

Und dann sind die Angebote gekommen. Und warum sollten sie auch nicht denken, dass sie eine Hure ist, wenn sie ganz allein in eine Kneipe geht und an der Bar herumsitzt, während ringsherum die Bomben fallen. »Was suchen Sie hier?«, haben sie gefragt. Es klang fast wie ein Sprechchor. »Sie täuschen sich«, antwortete sie, »ich bin eine normale Frau, eine ganz normale Frau mit einer Wohnung und einem Mann. Ich hätte das Bier und das Sandwich nicht annehmen dürfen. Darf ich es Ihnen zurückzahlen?«

Darüber mussten sie fürchterlich laut lachen, nur der Viehhändler hat gesagt: »Ich weiß, was es bedeutet, eine alleinstehende Frau zu sein. Ich habe acht Töchter, Gott geb's, dass sie alle ihren Weg finden.«

Sie lief schnell nach Hause zurück und sang: Ich bin eine normale Frau, er hat eine normale Frau aus mir gemacht, aber das darf er nie wissen. Und als sie im Bett lag, überkam sie das Bedürfnis zu weinen, aber gerade noch rechtzeitig fiel ihr ein, dass so etwas in ihrem Alter zu viele Spuren hinterlässt. Und so hat sie sich schlafend gestellt und gewartet, bis er nach Hause kommt, ohne sich vorher zu überlegen, welche Lügen sie ihm auftischen würde.

Weil Männer nun mal kleine Jungs bleiben und Geschichten lieben. Und weil Frauen das verstehen müssen. Was für einen Wichtel nicht mal besonders schwer ist, umso mehr, weil es sich hier um ein Rädertier handelte, dessen innerer Organismus dank der Durchsichtigkeit seiner Haut deutlich zu sehen ist …

9
Die Geburtstagsparty

Für jeden kommt ein Tag im Jahr, der sein Geburtstag ist, dagegen ist nichts zu machen, selbst für reiche Leute gibt es nur einen Weg – akzeptieren. Für Rädertier war das, seit er sich erinnern konnte, ein Ereignis, das ihn schon Wochen vorher beschäftigte; den Tag, der dann kam, fand er stets lang und langweilig. Nun hatte er das Unglück, an einem neunundzwanzigsten Februar geboren zu sein, sodass er nur ein von vier Malen »echt« Geburtstag hatte. Da sein kindliches Gemüt jedoch nicht warten konnte, entschied er sich in den anderen drei Jahren für den achtundzwanzigsten Februar als Geburtstag. Heuer war allerdings wieder mal ein Schaltjahr und Wichtel würde ihm deshalb am echten und einzig wahren Tag gratulieren können, es war das erste und so gut wie sicher das letzte Mal …

Sie brauchte ihn an diesem Morgen nicht einmal zu wecken, denn er wartete schon auf sie in seinem Bett; und trotz seiner geschlossenen Lider beobachtete er, wie sie ihre Matratze anhob und ein Päckchen hervorholte, ein längliches Päckchen, und während er gerade überlegte, was das wohl sein könnte, lag es schon auf seinem Gesicht. Es roch nach Kuh, nach dem Leder des vergangenen Jahrhunderts, nach Piccadilly und West End, und natürlich auch nach einem schläfrigen Wichtel. Nachdem er die Schnur gelöst und das seidige Papier entfernt hatte, lag auf seinem Bett eine neue Brieftasche, ein Prachtstück von einer Brieftasche. Mein Gott, wie freute er sich darüber, er küsste Wichtel, ohne auf die Zeit zu achten. Aber was schert sich ein Büro um jemands Geburtstag, auf einmal war es schrecklich spät, sie mussten sich beeilen. »Bis heute Abend, ich geh zum Lunch mit …« Der Name war nicht zu verstehen.

Abends speisten sie zusammen in einem kleinen Restaurant in der Nähe ihrer Wohnung. Anschließend bat sie ihn, allein eine kleine Runde zu drehen und erst zehn Minuten nach ihr nach Hause zu kommen.

Er stand also kurz darauf vor ihrer Zimmertür und rief: »Darf ich jetzt reinkommen?« »Ja«, antwortete sie, und da sah er den großen Tisch gedeckt mit neun verschiedenfarbigen Papierservietten, darauf neun Teller und ebenso viele Tassen. Es brannten auch Kerzen. Er lachte ein bisschen verdutzt und sagte: »Sollen wir zwei heute Abend Bäumchen wechsel dich spielen, um diese himmlischen Kuchen verschmausen zu können?«

Da klopfte gerade jemand ans Fenster, Wichtel ging zur Haustür, er hörte sie sagen: »Schön pünktlich«, eine große, dunkle Frau trat ein. »Alles Gute, Frans, und noch viele Jahre.«

Und Rädertier errötete. Woher zum Teufel wusste Wichtel, dass er Josine die Mürrische, wie sie genannt wurde, mochte? Zu ihm war sie nie mürrisch gewesen, im Gegenteil. »Was für eine Überraschung«, sagte er, »nimm doch Platz.« Sie stellte ihre Vase, mit einer rosa Hyazinthe, zwischen die Kuchen. »Hübsch wohnt ihr hier«, sagte sie und ließ sich in den invaliden Sessel plumpsen.

Wieder klopfte jemand ans Fenster. Rädertier spitzte sein Ohr, er hörte mehrere Stimmen und vergaß sogar, Josines Hand zu küssen, die sie an seinen Mund drückte. »Nein so was«, sagte er, »kleine Suzanna, sehen wir uns nicht oft genug, und Sie hier, Mevrouw Vertolen?«

»Marianne heiße ich«, antwortete sie.

Und Rädertier errötete. Woher zum Teufel wusste Wichtel …

Da klopfte wieder jemand ans Fenster, wieder jemand, und jedes Mal, wenn eine andere eintrat, errötete das Rädertier. Woher zum Teufel …

Christine die Reine hatte Narzissen mitgebracht, und Peggy, die er nach dem Abend, als er sie ins Taxi geschubst hatte, nie mehr gesehen hat, Tulpen; sie schienen gerade von einem holländischen Blumenfeld gepflückt zu sein. Manuela war zweifellos die Älteste und Hässlichste der Gesellschaft, klein, dick und mit einem Doppelkinn. Doch was konnte Rädertier dafür, dass sie ihm jeden Tag Zigaretten auf den Schreibtisch legte? Einmal war er um acht Uhr morgens gekommen, mit einem langen Arbeitstag vor sich, da lagen sie auch schon da. Brachte sie die etwa in der Nacht?

»Herzlichen Glückwunsch, mein lieber Junge«, sagte sie und küsste ihn auf die Wangen und dann noch einmal auf die Wangen, aber diesmal näher an seinem Mund, bevor Christine die Reine sich abwendete. »Hier hast du …« »Na so was, Gedichte aus dem besetzten Gebiet«, sagte das Rädertier, »das freut mich aber riesig. Es ist gut, uns von Zeit zu Zeit daran zu erinnern, was sie dort machen. Das scheint mir wichtiger als unsere Arbeit.« Und er zeigte auf die Papierstapel auf dem Bücherbord. »Seiten über Sozialgesetzgebung vollschreiben, über Freizeitgestaltung und Säuglingsfürsorge. Theorie, graue Theorie, wenn erst einmal Frieden ist, weiß der Großteil der Eltern und Erzieher, die das ganze Elend mitgemacht haben, selbst am besten, was sie zu tun haben. Freizeitgestaltung? Das Erste, wohin die Jugend gehen wird, ist ins Kino, und hat sie nicht Recht? Und danach tanzen, Nächte durchtanzen wie nach dem letzten Weltkrieg. Erst wenn die jungen Leute diesen Rausch ausgelebt haben, können wir mit der freien Jugendbildung wieder auf dem hohen Niveau anfangen, wie es in den Jahren vor '39 schon entwickelt war. Wer von euch hat Lust, Wich… Henriëtjes Kuchen zu probieren?«, rief er dann, abrupt das Thema wechselnd. »Ich«, sagte Josine und biss gierig in den frisch gebackenen Kuchen. Schon bald stand die Vase mit der rosa Hyazinthe zwischen lauter leeren Kuchentellern. Es entstand eine Grabesstille. Wer zuerst spricht, stirbt zuerst, dachte Rädertier und presste die Lippen zusammen. Es war Marianne Vertolen, die das Schweigen brach. Mit gefalteten Händen und geheimnisvoller Stimme sagte sie flehend: »Du musst uns etwas erzählen, Frans, wir warten auf etwas, auf Worte von dir, auch wenn wir keine Ahnung haben, was sie bedeuten, nicht wahr?« Niemand reagierte, außer Peggy, die rief: »Bitte nicht, wenn Frans erst mal anfängt, hört er nicht mehr auf!« »Das werde ich dir beweisen«, antwortete Rädertier, nahm den Wecker, stellte ihn ein und kommentierte: »Wenn es klingelt, ist die Geschichte zu Ende. Und die Diskussion auch.«

Da klopfte wieder jemand ans Fenster, und Wichtel öffnete. »Da bin ich«, sagte eine Stimme, »wenn auch ein bisschen spät.« Es war die mutige Ida, die nach drei Konzentrationslagern in England angekommen war. Und Rädertier errötete, errötete tief… woher zum Teufel wusste Wichtel, dass Ida mit ihrem stämmigen Körper, ihrem Geschmack für alles Auffällige – denn sie trug ebenso selbstverständlich Schaftstiefel zum Abendmantel wie einen Pelzkragen auf einem Regencape –, woher zum Teufel …

»Numero sieben«, stellte er vor.

»Sie gestatten«, fragte Marianne Vertolen, wiederum mit gefalteten Händen, »Frans wollte gerade anfangen zu erzählen, der Wecker ist schon gestellt, denn er will es kurz halten.«

»Aber natürlich«, antwortete Ida, »erlauben Sie mir nur, das Geburtstagskind zu umarmen, und hier, Frans, eine Kleinigkeit.«

»Na so was, Gedichte aus dem besetzten Gebiet«, sagte das Rädertier, »darüber freue ich mich aber riesig.« »Die habe ich dir doch schon geschenkt, mein lieber Freund«, sagte Manuela. »Ich kann umtauschen nicht ausstehen«, antwortete er und legte die zwei identischen Bändchen nebeneinander. Manuela schaute auf Ida, und als Ida unter ihren dunklen Wimpern zurückblickte, drehte sie den Kopf weg.

Dann begann Rädertier zu sprechen. Man konnte die sprichwörtliche Nadel fallen hören. Christine die Reine spielte mit ihren Narzissen, Manuela drehte das Bändchen mit Gedichten aus dem besetzten Gebiet um, das sie nicht geschenkt hatte.

Rädertiers Stimme klang ruhig, die Worte waren zu recht übersichtlichen Sätzen formuliert. Er starrte auf einen Punkt, auf Wichtels Nasenspitze. Sie hüllte sich in so etwas wie Selbstbewusstsein ... Ich bin es, die das alles organisiert hat, ganz auf mich allein gestellt, ein Gefühl, das sie auch überkam, wenn sie zu zeichnen anfing, obwohl sie nur eine Sonntagsmalerin war ... Das bin ich, die das sieht und wiedergibt ... Oder bei Musik: Das bin ich, die das hört und erlebt. So gingen ihre Gedanken, während Rädertier sagte: »Wir sind hier zu neunt, acht Holländer und eine Engländerin; ihr hört einem Mann zu, einem fremden Element, von dem jede auf ihre Weise inspiriert wird. Ihr hört zu wie Frauen und vergesst völlig eure männliche Existenz, die jede von euch kriegsbedingt zu führen gewohnt ist. Dennoch – trotz allem – ist es eine ausschließlich männliche Freundschaft, die uns verbindet. Das ist auch der Grund, warum Henriëtje so darauf aus war, euch hier an meinem Geburtstag – für mich völlig unerwartet – vereint zu sehen.«

Bei diesen Worten stand Wichtel auf, um etwas im Schrank zu suchen. Er hat mich durchschaut, er hat mich durchschaut, sagte sie leise vor sich hin, und er deckt mein Spiel vor all diesen fremden Frauen auf, die damit eigentlich nichts zu tun haben. Muss ich beschämt sein oder glücklich?

»Glaubt doch nicht, dass ihr einander feind wärt«, fuhr Rädertier fort, »im Gegenteil, in meinem egoistischen Leben brauche ich jede von euch, rufe ich in meiner Weiblichkeit nach eurer Männlichkeit.«

»Frans, Frans, meinst du das jetzt im Ernst?«, seufzte Josine die Mürrische.

»Ganz bestimmt«, antwortete er, »denn bin nicht etwa ich derjenige, der etwas bekommt? Seid nicht ihr es, die etwas geben?«

Die letzten Worte riefen helle Aufregung hervor. »Das ist doch nicht zu fassen«, rief Marianne Vertolen, »wenn mein verstorbener Mann gewagt hätte, so etwas zu behaupten, dann hätte ich ihm gleich geantwortet …«

»Was geantwortet?«

»Gut, wenn das so ist, dann krieg auch du die Kinder für mich. Denn das ist alles andere als ein Vergnügen.«

»Wie grob«, sagte Rädertier. Es klang wie ein Tadel.

»Ich versteh dich gut, Frans«, sagte Ida. »Aber man muss doch zugeben, dass es sich hier um einen Ausnahmefall handelt. Längst nicht alle Männer sind wie du. Ich kenne ziemlich viele, die nichts für eine solche Argumentation übrighätten, nicht einmal in Kriegszeiten, und die bestimmt behaupten würden, dass uns Henriëtje Bas eingeladen hat, wegen … wegen …«

»Nun, weswegen?«

»Wegen unserer weiblichen Anziehungskraft, unseres Sexappeals, wenn du dieses hässliche Modewort verwenden möchtest, kurzum, um dir eine Freude zu machen, um verständnisvoll, und nicht kindisch, zu sein.«

»Stimmt, so ist es«, stimmte Manuela zu.

»Das ist nicht so«, widersprach Rädertier. »Sie wollte mich an diesem Geburtstag ins Zentrum stellen, mich spüren lassen, wie relativ der Begriff männlich oder weiblich ist, wie Materielles und Körperliches unerheblich werden, wenn ausschließlich auf die geistigen Werte abgehoben wird.«

»Aber du bist doch jedes Mal rot geworden«, sagte Josine. »Ich war die Erste und habe alle anderen hereinkommen sehen und konnte deshalb beobachten, wie du sie begrüßt hast. Da ging es durchaus um ein körperliches Empfinden. Du wirst doch nicht behaupten wollen, du hättest eine von uns auf weibliche Art wegen unserer strahlenden Männlichkeit begrüßt.«

Und in diesem Augenblick sah sich Rädertier zwischen all den Frauen stehen, die ihn nicht verstehen wollten oder konnten. Er zweifelte sogar, dass Wichtel seine Worte völlig glaubwürdig fand. Und dennoch waren seine Worte ehrlich gemeint. Ihn quälte weder ein Verlangen, noch machte es ihm Freude, er hatte keinen anderen Wunsch, als von jeder hier ein wenig von ihrer ihm fremden und vielleicht feindlichen Kraft empfangen zu dürfen. Christine die Reine und Ida waren zu diesem Geschenk in der Lage. Und natürlich Wichtel. Das zeigte sich in ihren Augen, ihren Schultern und Händen. Ist denn das Körperliche so eng mit dem Geistigen verbunden?

»Glaubt mir, meine lieben Gäste, vor euch steht ein Mann, in dem, wenn er es will, keinerlei Begehren steckt. Was eure Anwesenheit am heutigen Abend für mich bedeutet, ist stärker als jede Umarmung. Sie hilft mir, mein Wesen zu komplettieren.«

Ein Stimmengewirr setzte ein. Rädertier fing das Wort »Allmächtiger« auf. Manuela bat um Ruhe. »Teurer Freund und teure Freundinnen«, begann sie. Doch inzwischen hatte der Wecker geklingelt.

Jetzt wurde es eine richtige Geburtstagsparty, mit Spielen und Liedern. Dann sagte Suzanna, sie müsse gehen. »Ist es schon so spät?«, fragte Manuela und setzte sich wieder. »Ja«, antwortete

Suzanna, »in zehn Minuten geht die letzte ›Underground‹.«

Josine und Christine erschraken sichtlich.

»Wohnt ihr bei euren Eltern?«, fragte Rädertier. Ja, nickten die beiden und eilten in den Flur, um ihre Mäntel zu holen. »Das war für mich nie ein Problem«, meinte Marianne Vertolen, »und von meinem Mann habe ich mich auch nie gängeln lassen. Ich gehe nur, weil ich es nicht ausstehen kann, den ganzen Weg im Dunkeln laufen zu müssen.«

Peggy lachte leise, sie dachte an den Abend mit dem Taxi, warum sollte es an einem Schaltjahrabend denn kein Taxi geben, in das Frans sie schieben könnte? Deshalb blieb sie ruhig bei Ida und Manuela sitzen.

Dann fing Wichtel zu gähnen an, schamlos zu gähnen, sogar ohne sich die Hand vor den Mund zu halten. Das sah Manuela, sie hatte schon den ganzen Abend auf die zwei schmalen Betten geschaut. Es stimmte also doch, obwohl …

»Auf Wiedersehn, Frans«, sagte sie kühl. »Es war mir ein Vergnügen, dich hier zu sehen«, antwortete er mit mehr Wärme in der Stimme, als er normalerweise für sie hineinlegte. Am nächsten Morgen fand er auf seinem Schreibtisch eine doppelte Ration Zigaretten …

Dann fragte Peggy Frans, ob er mit ihr ein Taxi suchen wolle. Das könne er doch so gut. Ida schloss sich ihnen an. Die Tür fiel ins Schloss und Wichtel blieb allein in dem unordentlichen Zimmer zurück.

Rädertier kam aber rasch wieder. Er sah ihr tief in die Augen, während er ihr die Hände auf die Schultern legte und fragte: »Warum hast du das gemacht, Wichtel?«

»Um dich glücklich zu sehen. Welche, welche von den sieben liebst du am meisten?«

»Die achte«, sagte er.

Der invalide Sessel lächelte vergnügt.

Geburtstagspartys blieben Teil des Vergnügungsprogramms. Die von Annette und Kareltje wurden immer wilder und brachten ihn auf neue Ideen. Marjolijns dagegen verliefen als simples Teestündchen mit einem extra Kuchen und ein paar Kirschen in Branntwein, verzehrt von einer Schar fester Freundinnen und wechselnder Nachbarinnen. Das dauerte ungefähr von drei bis sechs, und wenn Frans nach Hause kam, standen die meisten Damen bereits wieder in ihren Küchen und er bekam seine Portion Geburtstagskuchen kurz vor der Suppe.

Warum aber für ihn immer so ein besonderes Fest inszeniert wurde, das konnte er nimmer begreifen. Es war das Fest des Spiegels, der am Abend vor dem großen Ereignis mit Spiritus geputzt und dann noch einmal mit einem Wolltuch nachgerieben wurde. Als er das zum ersten Mal nach seiner Londoner Zeit von seinem gerade noch nicht einjährigen Sessel aus beobachtet hatte, sagte er: »Was soll das bedeuten? Soll das Glas in aller Klarheit zeigen, dass der Papa wieder ein Jahr älter geworden ist?« Nur am nächsten Morgen, welch ein Erstaunen überkam ihn da, ein bitterer Beigeschmack trotz der bereits geputzten Zähne, als er die Anzahl Jahre, die er gerade vollendet hatte, in riesigen Ziffern mit Kerzenfett auf den Spiegel geschrieben sah. Und Annette und Kareltje sangen unter der holländischen Fahne, die sie zusammen über ihre Köpfe hielten: »Er ha-hat Gebu-hurts-tag heut ...«

Vierzig, fünfzig, sechzig ... Und alle dazwischenliegenden Jahre, nie wurde auf diese Zeremonie verzichtet, egal wie groß die Kinder schon waren. »Hör mal, Annette«, sagte er an seinem fünfzigsten Geburtstag, zu dessen Feier auch noch verschiedenfarbiges Wachs von aufgehobenen Christbaumkerzenstummeln zusammengetragen worden war, »meinst du nicht, dass ein volljähriges, ja mehr als volljähriges Mädchen ein bisschen zu alt für diesen Unsinn geworden ist?« »Unsinn!«, rief sie aus, »wie kommst du bloß auf die Idee, Paps, es sind die guten Bräuche aus unserem Kinderzimmer, die wir in Ehren halten müssen.« Und sie umarmte herzlich ihren inzwischen fast kahlen Papa. Kareltje schüttelte ihm die Hand, das war schon sehr viel für einen, der kurz vor der Reifeprüfung stand.

Sechzig, siebzig … Siebzig, das war das letzte Mal. Kurz nach diesem Fest starb Marjolijn. Annette und Kareltje gingen ins Ausland.

Achtzig … Ein alter Mann sitzt allein da und schaut auf den leeren Spiegel. Er nimmt einen Kerzenstummel aus dem Leuchter, lässt ihn am Holzfeuer weich werden und malt damit zwei Ziffern aufs Glas … Aber seine Hand zittert, und als er zurücktritt, um sein Werk betrachten zu können, sieht er, dass die Acht eine Drei geworden ist. Da fliegt ein lange vergessenes Lächeln um seinen Mund. Dreißig, das war der Geburtstag, den er in London gefeiert hat, als er noch ein Rädertier war, mit einem Wichtel an seiner Seite. Wieder nimmt er das Stummelchen Kerzenwachs in die Hand (es ist noch weich) und malt neben die Zahl ein Herz mit einem W und einen kleinen Pfeil, der darauf zielt. Der trägt den Buchstaben R.

Und vor seinen Augen tanzen Bäume, Bänke, Tische und Kleiderbügel, alle mit solch einem Herzchen versehen, bis er darüber einschläft.

10
Der Vierzehner fährt zur Themse

Trübsinn ist an diesem Morgen mit der Milch gekommen. Der einzige Unterschied war, dass die Milch noch draußen vor der Tür stand, als der Trübsinn schon längst, und Gott allein weiß durch welche Öffnung, hereingeschlichen war. Ganz nah am summenden Rädertier vorbei, der sich mit schäumender Seife rasierte, pinkelte und in die Waschschüssel prustete, die auch für das Geschirr da war und, es muss gesagt werden, auch noch für etwas anderes, wenn einem der Flur zu kalt und zu dunkel erschien. Wichtels baumelnde Beine haben das Rädertier in solchen Nächten höchst überrascht, und oft geschah es, dass er im Traum sah, wie diese Waschschüssel herunterfiel. Doch jedes Mal fand er sie beim Erwachen glänzend rein vor, und mit einem Riss, der sich nicht verlängerte. Das war eines der angenehmen Dinge, mit denen sein Tag begann, eines von vielen, weshalb ihn der Trübsinn bestimmt auch ignorierte, in dem Wissen, dass er mit dem Rädertier ja doch nichts anfangen könnte, denn bei ihm fände er eine zu gesunde, auf fröhlichen und traurigen Zellen beruhende Lebensphilosophie vor, in der sich die fröhlichen Zellen immer als die stärkeren erwiesen.

Mit Wichtel war es das genaue Gegenteil, bei ihr blieben die fröhlichen Zellen an der Oberfläche und machten den Eindruck, die traurigen zu verdrängen, aber der Trübsinn zog, noch bevor er sie erreicht hatte, mit einer langen Nadel alle traurigen Zellen nach oben.

Und genau das ist an diesem Morgen geschehen, während Wichtel noch im Schlafanzug dastand. Sie hat also den Schlafanzug anbehalten, und als sich Rädertier mit seinem weißen Schaumgesicht umdrehte und sie so, mit dem Kopf in den Händen, auf dem Bettrand sitzen sah, hat er gefragt: »Bist du krank?«, und sie hat erwidert: »Ja, ich glaube schon.«

Nun hatte das Rädertier einen fürchterlichen Widerwillen gegen kranke Menschen, außer es betraf ihn selbst. Aber weil er doch etwas tun musste, hat er nachgefragt: »Möchtest du, dass ich das Frühstück mache?« Doch das hat Wichtel abgelehnt, denn, dachte sie, jeder Morgen ist einer weniger, jeder Morgen bringt uns dem Ende näher. Und so hat sie Kaffee gekocht und Brote geröstet, während die Nadel überall in ihr stach und die traurigen Zellen sich in Wellen zur Oberfläche hinbewegten. »Du musst nichts essen«, sagte Rädertier, »bleib mal einen Tag zu Hause, das wird dir guttun. Ich rufe kurz in deinem Büro an, dass du nicht kommen kannst.« Er hat sie auf die Stirn geküsst und war erleichtert, als er schließlich auf der Straße stand. Im Garten oder am Christbaum sieht man auch keine kranken Wichtel, und wenn sein Wichtel so ein Gesicht aufsetzte, ein Gesicht aus dem Jahre 1880, dann fühlte er sich allein sehr viel wohler. Das war nun mal sein männlicher und vielleicht auch gesunder Egoismus.

Wichtel ist nicht mehr ins Bett gegangen, sondern hat sich angezogen. Nacheinander hat sie drei verschiedene Kleider anprobiert und alle drei sahen an ihr gleich scheußlich aus. Daraufhin hat sie wieder das erste angezogen. Der Regen ist durchs geöffnete Fenster hereingeschlagen. Sie hat das Zimmer gründlich geputzt, davon bekam sie meist gute Laune, von all den vielen Gegenständen, die so anders aussehen, wenn sie mit einem gelben Tuch abgestaubt werden. Und mit einem Mal fing sie an, mit demselben gelben Tuch über ihr Gesicht zu reiben, weil sie dachte, so drücke ich vielleicht die Wellen und die Nadeln heraus, die jetzt schon bis in meinen Kopf tanzen und stechen. Doch beim Blick in den Spiegel sah sie stattdessen überall Schmutzflecke, neben ihrer Nase und bei ihrem Mund, und deshalb hat sie sich wieder ausgezogen, den Bademantel genommen und ist ins Bad gegangen.

Das war eine gute Idee, denn sie ist ganz und gar in dem warmen Wasser untergetaucht und ihre Brüste glänzten vor Nässe. Einen Moment lang schien der Trübsinn zu ertrinken. Aber schwupp, da saß er doch wieder auf ihrem Handtuch, und weil der Stoff sie überall umhüllte, geriet jetzt alles in Bewegung, alles stieß und drängelte, aber immer in die falsche Richtung. Und so zog der Trübsinn nach getaner Arbeit wieder die Nadel heraus und schloss sich in ihrem Herzen ein. Zurück in ihrem Zimmer, lief Wichtel ziellos hin und her und brach urplötzlich grundlos in Tränen aus. Einen Moment dachte sie, ich kriege bestimmt meine Tage, doch weil das überhaupt nicht mit dem Datum passte, hat sie alles auf ihre Kindheit zurückgeführt. »Meine Wiege hat im falschen Zimmer gestanden«, hat sie ausgerufen und es ein paarmal wiederholt und dann wieder geschluchzt, weil sie bis zur ihrem zwölften Lebensjahr bei Tisch nie sprechen durfte, und dann, weil sie für einen tauben Onkel Klavier spielen musste, und dann wieder, weil sie immer so schreckliche Ballkleider hatte und weil ihre Mutter sie – mitten auf einem Schulball, wohin die Kinder ihre Eltern begleiteten –, gerade als sie sich über ihre Limonade gebeugt hatte, unter der Nase mit einer fettigen Creme einschmieren musste, dabei war sie nicht einmal erkältet gewesen! Das beschäftigt sie minutenlang, es ist einfach so schrecklich gewesen. Und dann weint sie wieder um ihre Mutter, die weg ist, und um die ganze Familie, die sie seit Jahren nicht mehr gesehen hat, und um viele Freunde, die verschwunden sind, und um das

Rädertier, weil sie ihn nur leihweise hat, na ja, nicht das Rädertier, sondern Frans Winter. Sie weint, weil sie ihr Rädertier nur auf Zeit hat und weil er ein Mann ist, den man nie ganz verstehen kann. Den einen Tag flüstert er ihr die schönsten Worte ins Ohr und am nächsten, wie heute, weiß er nicht, wie er am schnellsten vor ihr fliehen kann. Der Hunger meldet sich und sie isst ein Stückchen Käse und einen Zwieback mit Marmelade. Wenn ich mir nehme, worauf ich Lust habe, denkt sie, wird es mir vielleicht besser gehen; aber der Trübsinn, der sich in einem Winkel ihres Herzens eingenistet hat, weiß von vornherein, dass es ihr nicht schmecken wird. Und schau, da spuckt sie den Käse auch schon in ihre Hand. Kriegsqualität, murmelt sie, und die Marmelade ist garantiert nicht mit richtigem Zucker gekocht, die ist so bitter. Jetzt tosen die Wellen unter ihren Locken, sie versucht, sie wegzukämmen, doch daraufhin ziehen sie sich wieder in ihren Kopf zurück. Es regnet nicht mehr und sie geht raus auf die Straße. Man muss sich nur vorstellen, dass jemand aus ihrem Büro sie an einem Freitagvormittag hier so herumspazieren sieht! Deshalb flieht sie schnell in ein Kaufhaus, aber dort muss sie, wegen der vielen Dinge, die sie kaufen möchte, aber nicht kaufen kann, wahrhaftig schon wieder weinen. Und warum vergehen alle Farben, und warum wird alles schwarz? Schwarze Vasen, schwarze Zigaretten, schwarze Hemden und schwarze Menschen. Als sie aus der Drehtür taumelt, sieht sie, dass es draußen ebenfalls schwarz ist. Dichter Nebel ist aufgezogen. Sie schleppt sich zu einer Bushaltestelle, um nach Hause zu fahren, ist aber nicht sicher, ob sie die Busnummer richtig erkannt hat; erst als sie auf dem Oberdeck ihren Fahrschein entgegennimmt, fragt sie: »Welcher Bus ist das hier und in welche Richtung?« Worauf der Schaffner ihr antwortet: »Der Vierzehner fährt zur Themse«, aber er ergänzt nicht: »und wieder zurück«.

Dann steht sie am Wasser. Ihr ist klar, dass in ihrer heutigen Stimmung die simple Antwort – Der Vierzehner fährt zur Themse – ohne das »und wieder zurück« ein Wink hätte sein können. Doch allzu simple Lösungen haben für Wichtel nie besonderen Wert gehabt und sie muss mit einem Mal daran denken, dass Rädertier sie beim letzten Besuch des Trübsinns gefragt hatte: »Könntest du Selbstmord begehen?« »Nein«, hatte sie darauf geantwortet, »denn in diesem Augenblick würde ich bestimmt an ein neues Kleid denken, das ich bei der Näherin abholen muss, oder an die hohen Törtchen vom Bäcker in West End, die ich noch nie probiert habe. Und so würde ich von selbst am Leben bleiben.« Darüber war er sehr glücklich gewesen. »Ich kann keine Frau leiden, die sich ständig mit diesem Gedanken trägt. Bei dir wusste ich, dass du nicht so bist. Du bist viel zu neugierig.«

Ein Mann stellt sich neben sie, natürlich stellt sich ein Mann neben sie. »Der Nebel hebt sich«, sagt er. Er hat ein französisches Buch bei sich und schneidet es auf. Sie lauscht dem Geräusch, Papier bröselt auf seinen Mantel. Dann holt er sein Zigarettenetui heraus. »Eine Zigarette?«, fragt er. »Gern«, antwortet sie, und er gibt ihr Feuer. »Jetzt ist der Nebel fast weg«, sagt er wieder. »Das haben wir wenigstens hinter uns. Es ist gut, wenn man fühlt, dass schlechte Dinge vorübergehen. Darf ich Sie zu einem Kaffee einladen? Irgendwo dort drüben soll ein nettes Café sein. Man hat mir gesagt, dass man sogar Sahne dazu bestellen kann. Mögen Sie Sahne?«

»Ja, ich mag Sahne«, antwortet sie. »Aber ich muss jetzt heim.« Und während sie den Mantel mit den weißen Bröseln hinter sich lässt, rutscht der Trübsinn über ihren Rücken, ihre Schenkel und Waden nach unten und verschwindet im Hosenbein des unbekannten Mannes. »Einen Augenblick«, ruft er und läuft ihr nach, »haben Sie vielleicht ein Aspirin für mich?«

11
Buch ohne Ende

Und so hat sich die Liebe von Rädertier und Wichtel an den Alltäglichkeiten des Lebens entlanggehangelt. Und gerade weil sie in der Realität und in der Phantasie nichts anderes gesucht hat als diese einfachen Gefühle und Erlebnisse, die von vielen gescheut oder einfach vergessen werden, ist ihre Liebe groß und stark geworden.

Wenn er sie fragt: »Wichtel, warum liebst du mich eigentlich?«, antwortet sie: »Weil du einmal, als du Hunger hattest, ein Schaf getötet hast, weil du nie eine Anekdote behalten kannst, weil du gähnst, hickst und schluckst wie ein Baby, weil du blaublütige Mädchen hasst und überall deinen Hut liegen lässt.« »Ich liebe dich«, hat er darauf geantwortet, »weil du mit dem Zirkus herumreisen wolltest und dir siebzehn Kinder gewünscht hast.«

Und damit wird dies ein Buch ohne Ende, denn alles, was sie erlebten, und auch, was sie vor ihrem Zusammenziehen erlebt hatten, wurde in ihren Herzen und Händen zu bunter Modelliermasse, mit der sie das Spiel der Liebe wahr machten und wieder zerstörten, aber nie so sehr, dass sie dadurch unbrauchbar und wertlos wurde.

Das Rädertier wacht auf. Schau nur diese Faust, mit der er sich die Augen reibt, die Faust eines Kindes, das sich gegen den Sandmann wehrt, aber auch die Faust eines Mannes, der auf den Tisch haut, wenn er meint, dass sein Wort Gesetz ist. Rädertier zählt das Wachs, in vier verschiedenen Sprachen. Zuerst fragt er: »Darf ich?«, dann gibt er jedem Stück, das durch seine Hände geht, einen Namen: Das ist das Entenbrot, das hier das Knochengerüst und das ein scharlachfiebernder Schelm. Rädertier spült sich den Mund aus, aber geräuschlos, und bläst die Wangen auf, er kann sie zehn Minuten, ja manchmal sogar eine Viertelstunde lang so aufgebläht lassen. Er isst Reis mit Apfel und erzählt von seiner Kindheit, denn das ist ein Geschmack und Geruch aus seiner Knabenzeit. »Oh, Wichtel, das musst du hören.« Und Wichtel hört zu. Zusammen steigen sie hinab in die »Underground«, der Tunnel umschließt sie. Rädertier grübelt in einer Ecke, die Uhr wird angehalten und der Tag beginnt am nächsten Morgen um so viele Minuten später, wie diese Grübeleien gedauert haben. Und es ist vorgekommen, dass aus dieser verlängerten Stille ein Wochenende entsprang, von dem die Vögel und Blumen noch immer sprechen. Und sie bringt eine neue Freundin mit nach Hause, die viel schöner ist als Henriëtje Bas, und schlank, oh, viel schlanker, und die wird zum Schmelztiegel neuer Gefühle, und Wichtel flennt und fleht um Liebkosungen. »Eine Frau fleht um Liebkosungen«, grollt das Rädertier und weigert sich selbstverständlich, sie zu streicheln, selbst wenn er es noch so gern wollte. »Trost zu verkaufen, Trost zu verkaufen«, singt er dann, »wer kauft meinen Trost?« »Ich!«, ruft Wichtel, und er beginnt, ihre Locken zu küssen … Später spielen sie Karten, bis ihnen die Hände müde werden.

Und dann kommt unerwartet das Sexuelle N. ins Zimmer, gerade rechtzeitig, denn eine Karte ist spurlos verschwunden und sie können nicht weiterspielen, deshalb wollten sie gerade mit dem Zugspiel anfangen, das sind ihre Teller, Löffel und Gabeln, und auch zwei Messer, und manchmal eine leer gekratzte Butterdose, die in einer langen Schlange auf den Abwasch warten. »Guten Abend«, sagt das Sexuelle N., das sie von diesem sinnvollen Vorhaben abhält, »hier ist es nicht gerade warm«, und zündet den Gasofen mit einem Shilling an. Er, das Sexuelle N. ist also männlich, setzt sich auf die einsame Lehne des invaliden Sessels; er ist lang und mager und so braun wie ein Schokobuchstabe aus Übersee. »Hier, meine Lieben, seht ihr jetzt das vieldiskutierte und höchst umstrittene Sexuelle N. Seht mich genau an.« Rädertier kriecht aus seinem Schneckenhaus und Wichtel holt den Salzstreuer aus dem Schrank und streut ihm ein paar Körnchen auf die Füße, man weiß ja nie, er wird manchmal so schrecklich böse, wenn sich jemand ungebeten in seine Angelegenheiten einmischt. Er könnte womöglich diesem Sexuellen N. zu Leibe rücken. »Komm N., hilf uns beim Zug«, sagt das Rädertier. »Sexuelles N.«, verbessert der Schokobuchstabe aus Übersee. »Ihr hier in England, und dort drüben in den besetzten Niederlanden, ihr vernachlässigt mich, und das gefällt mir nicht. Was ihr euch nach der Befreiung dann in Sachen Sprachvereinfachung ausdenken werdet, interessiert mich nicht, aber schreibt es euch hinter die Ohren, alles Sexuelle ist noch immer up to date, also warum sollte ich es nicht auch sein? Herr Winter, schreiben Sie doch bitte ein paar Sätze auf.«

Rädertier nagt an seinem Bleistift, das ist ihm noch nie passiert, dass ihm nichts eingefallen ist. »Zum Beispiel einen kleinen Brief an das nette Frauchen dort«, sagt das Sexuelle N. und zappelt vor Lachen mit seinen langen Beinen. »Noch ein Bein mehr«, sagt Rädertier, »und Sie wären ein M. geworden und all Ihre linguistischen Bemühungen vergebens.« Ein M! Wenn es auf Nikolaus zuging, nannte sich Frans immer Moses, das war zwar nicht schön, aber lohnend. Schließlich steckt in einem M. mehr Schokolade.

Dann schreibt er: »Der spritzige Wortwechsel zwischen meinem Wichtel und ihrem Rädertier hat uns beiden eine wunderbare Zeit gebracht. Was uns lieb und teuer ist, wurde wie ein Band um die Komödie dieses Liebeskuddelmuddels gewunden.

Ich bin zutiefst davon überzeugt, dass sich die Volksgunst dem zuwendet, was das Blut der Jungfrauen strömen lässt. Ein unverkennbares Zeichen dafür, dass Gott bis in die Betten vordringt.« Er überreicht das Schreiben dem Sexuellen N., der legt ein Bein auf den Artikel von Zeit, sodass jetzt »keine« Zeit dasteht, und mit dem anderen Bein streift er über den Artikel von Liebeskuddelmuddel, und wie sonderbar, dieses Bein besitzt Löschkraft, deshalb liest man jetzt »des« Liebeskuddelmuddels. »Mäßig, mäßig«, knurrt er, »sowohl inhaltlich wie sprachlich.«

»Zeit ist weiblich«, verteidigt sich das Rädertier, »denn ich habe sie mit einer Frau verbracht; und Liebeskuddelmuddel ist männlich, denn schließlich machen wir Männer den Kuddelmuddel, mit unserem Geschlecht, das müssten Sie doch wissen.« »Und sehen Sie«, sagt dann Wichtel, »ich gebe dem Mann hier einen Kuss, stell mal dein Bein auf Sexuelles N., stell ruhig dein Bein auf ihn, dieser Mann ist weiblich, denn er hat überwiegend weibliche Hormone.« »Gott bewahre, weiblich!«, ruft Rädertier und wirft das Bein des Sexuellen N. auf das Geschlechtswort von Mann, und sie singen, *Freedom and Happiness*! Und *Fichez-nous la paix*! Und das Sexuelle N. versucht, bevor er sie endgültig verlässt, den Shilling wieder aus dem Zähler herauszuholen …

Am Samstagnachmittag, gleich nach dem Büro, geht Rädertier in ein türkisches Bad, er dampft dort, er schwitzt dort, er wird sauber bis tief in die Poren und den Nabel, aber das ist wirklich noch nicht alles. Er sieht dort Menschen, die nichts anderes tun, als an ihren Körper zu denken, die unter der Massage wegduseln und sich recken und strecken, und er träumt davon, dass sich gleich all diese sauberen Körper beim Nachhausegehen irren, aber tatsächlich jeder einzelne von ihnen, und sie dann alle in ihrer Straße beim Nachbarhaus klingeln. Doch er will sich ja gar nicht irren, und so kommt er warm und gesund und mit einer Haut zart wie Butter wieder zu seinem Wichtel zurück. Er darf ein sauberes Hemd anziehen, es liegt auf dem Stuhl bereit und das Bügeleisen steht noch zum Abkühlen vor dem Fenster. Ein sauberes Hemd, das ist jedes Mal so angenehm, es knistert und schimmert und das Bewundernswerteste ist, nirgendwo gibt es ein falsches Fältchen. Denn Rädertier kann falsch nicht ausstehen, egal ob bei Menschen oder bei Falten. Und Wichtel setzt ihm zuerst Trauben und danach Lebertran vor, zuerst den Genuss, danach den Verdruss, auf Sonnenschein folgt Regen, denn Wichtel hält den Verdruss sonst immer weit von ihm entfernt, nicht wahr, Wichtel? Sie füllt gerade das Haarwasserfläschchen mit einem neuen Duft und sprenkelt es jetzt auf seinen und ihren Kopf, nun duften beide gleich, sie haben auch das Gleiche im Magen, denn samstags und sonntags nehmen sie alle Mahlzeiten gemeinsam ein. Das ist erfreulich, du hast Karotten und Büchsenfleisch gegessen, Salat und einen Pfannkuchen, und ich auch, wir verbrennen die gleichen Dinge. »Hast du schon mal Schiffe hinter dir verbrannt?«

»Nein, noch nie«, sagt das Rädertier, »mein Charakter ist noch nicht stark genug, ich lasse mich zu oft umstimmen.« Dieses Bekenntnis ist eine große Tasse Milchkaffee wert, einfach so, mitten am Tag. »Du wirst davon nicht schlafen, also ich auch nicht.«

Dann stopft sie seine Socken, hier ein kleines Loch und dort eins, aber keine Laufmaschen wie in ihren Strümpfen, und er liest ihr aus der *Camera Obscura* vor, er mag den Armenhäusler über alles.

So und unendlich viel mehr sind die Alltäglichkeiten der Liebe, die möglicherweise abgedroschen und belanglos und gleichzeitig manchmal wahnsinnig erscheinen. Aber für zwei Menschen, die sich lieben, ist alles von Bedeutung, ist überall Licht und überall Rettung. Doch ohne die Augen eines Kindes und das Gehirn eines Erwachsenen, ohne Lügen überstimmt von Wahrheit, ohne geistige Beweglichkeit und vollkommenes Begreifen, ohne die Gabe, den eintönigen Alltagstrott farbig zu machen, ihn mit dem Gold der Einbildungskraft zu rahmen, kann der Wegweiser zur Liebe nicht aufgestellt werden. Denn es sind viele und schwer auffindbare Wege, die zusammen zum Ziel führen, und wenn nur einer fehlt, verirrt man sich. Diese Wege müssen zuerst eigenhändig gegraben und danach gepflastert werden; daraufhin müssen die Straßenränder fertiggestellt und Bäume angepflanzt werden. Und wenn das alles mit Herz und Verstand geschieht, wie es bei Rädertier und Wichtel der Fall war, dann werden diese Wege so gut angelegt sein und dabei so lang, dass man es zweifellos als ein »Buch ohne Ende« bezeichnen muss.

ZWEITES BUCH

Nebenan wird die Welt brennen

H. Marsman

12
Jude

Noch mehr als sonst wirken seine blauen Augen heute wie dunkle Blumen in seinem Gesicht. Wenn er lacht, lachen sie nicht mit, sondern für sich und zärtlich weiblich. Dann werden sie ernst, abwesend, und mischen sich mit Worten und Sätzen, die keinen Klang bekommen. Inmitten der Menschen um ihn herum ist er einsam (»anders«, sagt ein Halbwüchsiger über sich selbst). Während er still und unbemerkt bleiben möchte, flirrt die Luft, in der er sich bewegt. Niemand außer der Frau, die in diesem Moment sein Leben ausfüllt, kann das spüren. Für sie ist es das Beste, was sie seit ihrer Flucht aus Holland gefunden hat. Sie saugt es in sich auf und weiß, es ist nicht nur das gemeinsame Land, das sie einander näherbringt, es ist auch das Leid, das Leid ihrer Mütter, das Leid aller, die sie lieben, das Leid des gesamten jüdischen Volkes. Manchmal schickt er ihr Briefe, befremdliche, phantastische Briefe, die er für sie aus dem Briefkasten holt, um sie dann mit ihr zusammen zu lesen. Sie schreibt selten zurück, sie weiß nicht recht, mit welchen Worten sie das Blatt füllen soll. Er ist auch kein Mann, der Wert auf ausgeschnittene Zeitungsfotos legt wie Jérôme, der geschworen hat, seine Geliebte nie zu vergessen, nachdem ihm diese in einem offenen Umschlag ein kleines Bild der Sängerin »Margret Lull« geschickt hatte; Rädertier mag es, wenn sie ihm eine Karte zukommen lässt, die sie aus dem Deckel einer Zigarettenschachtel gebastelt hat: Absender »Wichtel«. Eine Wichtelkarte, wie er sie früher in der Schachtel seiner Spielzeug-Post hatte. Aber heute hat sie ihm plötzlich dieses kleine sechszeilige Gedicht geschickt, mit sorgfältig gemalten Buchstaben:

Das Leiden deines jüdischen Volks
Liegt wie eine ständig graue Wolke
Auf deinem Gesicht.
Und in deinen Händen trägst du das Leid
Dessen, der weiß,
Was Armut ist …

»Kleiner Wichtel«, sagt er und denkt: Sehe ich wirklich so jüdisch aus? Das war mir nie bewusst. Ich bin ein Holländer, ein Dichter. Kein Mensch hat es mir vor 1940 jemals schwergemacht, die Judenfrage existierte für mich einfach nicht. Oberflächlich? Mag sein. Doch das Leid der Juden berührte mich nicht mehr als das Leid der Chinesen oder der Spanier, wahrscheinlich, weil ich die Juden nicht als eigenes Volk sehen kann. Ich hasse Nationalisten, wie könnte ich mich dann je zum Zionismus bekennen? Nun ist dieses große Unheil über das jüdische Volk gekommen. Ich bin diesem Schicksal entronnen, Wichtel ebenfalls. Was wissen wir von unseren Müttern, von Verwandten und Freunden, was weiß ich von meiner Frau und meinen Kindern? Wenn ich an sie denke, kann ich nur eines tun – eine Zigarette anzünden, um mich auf andere Gedanken zu bringen. Wurden sie vergast oder sind schon auf dem Transport nach Polen in den Viehwaggons gestorben? Leben Marjolijn, Annette und Kareltje noch in Eindhoven oder sind sie womöglich irgendwo auf dem Land untergetaucht und sitzen nun am Tisch eines fremden Bauern? Wenn alles vorbei ist und ich wieder bei ihnen bin, hat mich dann diese Lektion zum Juden gemacht? Nein, nein, ich bin Holländer, es ist niederländischer Boden, auf dem ich geboren wurde. Ich wurde niederländisch erzogen. Was weiß ich von palästinensischen Schriftstellern, Malern oder Musikern, was von der Kultur, den Idealen und Ideologien Palästinas?

»Wichtel«, fragt er, »hast du dich schon einmal danach gesehnt, ganz allein zu sein? Keine Familie zu haben?« Sie wird erzählen, sie wird erzählen, singt es in ihm. Ich bekomme wieder eine Geschichte aus ihrer Kindheit zu hören.

»Ja«, antwortet Wichtel, »ich habe meinen Vater oft gehasst, ich habe meiner Mutter den Tod gewünscht.«

»Wann? Warum?«

Sie staubt gerade das Kaminsims ab, das bleibt eines ihrer Hobbys. Wenn wenigstens dort kein Stäubchen mehr liegt und wenn die Blumen frisches Wasser haben mit einem darin aufgelösten Aspirin, dann ist das Zimmer schon halb aufgeräumt. Er steht hinter ihr und legt den Arm um sie. »Komm mal her«, sagt er, »und erzähl.« Draußen schießen die Kanonen der Flak. Das Radio der Nachbarn bringt ein Sonderkommuniqué: Die Befreiung des holländischen Südens steht bevor.

Und Wichtel sagt: »Mein Vater war orthodox. Seine Liebe galt dem Judentum. Er hielt sich peinlich genau an alle rituellen Vorschriften und Gebräuche. Meine Mutter gab sich größte Mühe. Aber er war nie zufrieden. Er zwang uns, in die Synagoge zu gehen, er zwang uns, am Sonnabend der Schule fernzubleiben, bis wir herausfanden, dass wir doch anwesend sein mussten, wenn wir nicht jedes Jahr sitzenbleiben wollten. Er jagte uns Angst ein, ohne es zu wollen, denn er war und blieb bis zu seinem Tod ein vollkommen guter Mensch. An Ostern durften wir nur spezielle Speisen essen. Ich erinnere mich, dass ich mit einer Freundin durch den Wald lief. Sie bot mir saure Drops an. Plötzlich spuckte ich die rote Kugel aus. Bist du verrückt geworden?, rief sie. Nein, nein, sagte ich, aber ich sterbe, ich sterbe, denn ich darf das nicht lutschen! Daheim gestand ich es unter Tränen dem Vater. Er verpasste mir eine Tracht Prügel, und ich durfte die restlichen Ostertage nicht mehr aus dem Haus. Damit fing mein Hass an, der immer heftiger wurde.«

Rädertier zündet eine Kerze an. Das Licht fällt auf Wichtels dunkle Haare.

Und sie fährt fort: »Eine Freundin hatte Geburtstag. Henriëtje, kommst du zum Essen zu uns?, fragte ihre Mutter. Ich darf nicht. Ach herrje, Kindchen, das ist aber schade! Und sie zu meinem Vater: Herr Bas, ich verspreche Ihnen, eine neue Pfanne zu kaufen und das Huhn bei einem jüdischen Geflügelhändler, und frische Butter. Darf Henriëtje dann kommen? Vater hielt ihr einen langen Vortrag, dass in einer jüdischen Familie Fleisch und Butter niemals zusammen gegessen werden dürfen und dass außerdem der Geburtstag ihres Töchterchens mit dem Jom Kippur zusammenfalle. An diesem Feiertag dürfe Henriëtje sogar den ganzen Tag nichts essen.

Als ich sechzehn war, erlebte ich meine erste große Liebe. Und wieder ging ich zu meinem Vater. Er ist katholisch, sagte ich, aber was macht das schon, wir können die Kinder doch abwechselnd in unseren Religionen erziehen. Er sah mich an. Du dummes Mädchen, sagte er, begreifst du denn nicht, dass es von meinem Standpunkt aus keinen Unterschied macht, ob du mich bittest, ein Pferd heiraten zu dürfen oder diesen jungen Mann, wie gut und anständig er auch sein mag.«

»Ein Verrückter«, sagt das Rädertier.

»Ein Gefangener«, antwortet Wichtel. »Möchtest du, dass ich weitererzähle?«

»Und wie, kleiner Wichtel.«

»Nachdem ich mein Abitur bestanden hatte, meldete er mich zur Belohnung für ein zionistisches Mädchenlager an. Ich verstand nicht richtig, worin der Zusammenhang zwischen einem ›Lager‹ und ›zionistisch‹ bestand, freute mich aber darauf. Es war auch herrlich. Ich lernte viele Lieder, wir schwammen, wir tanzten jüdische Volkstänze und am besten fand ich, dass dort arme und reiche Mädchen zusammen waren. Ich schloss mich einer Gruppe von Fabrikarbeiterinnen an und interessierte mich für deren Leben. Dann, am vierten Abend, kam ein Redner aus der Stadt. Und er sagte: Ihr müsst euch darüber im Klaren sein, dass wir in den Niederlanden nur zu Gast sind, wir sind hier Fremde. Palästina ist unser Vaterland. Stimmt nicht!, rief ich, das stimmt nicht, denn in einem Land, in dem man zu Gast ist, kann man nicht arbeiten, darf man nicht wählen. Es stimmt nicht, aber wenn Sie so denken, sollten Sie auch auf der Stelle nach Palästina aufbrechen. Ich stand auf, packte meinen Rucksack und verließ das Lager. Drei junge Arbeiterinnen schlossen sich mir an.«

»Bravo, bravo, Wichtel. Darf ich dir dafür eine verspätete Zigarette anbieten?«

»Und so hatte ich wieder einen Zusammenstoß mit meinem Vater. Ich hasste ihn und gleichzeitig bewies er oft eine solche Feinfühligkeit, dass ich mich manchmal verwirrt fragte, ob er mit seinen Prinzipien womöglich nicht doch Recht hatte. Nur waren das nicht die meinen. Um ihm eine Freude zu machen, suchte ich mir also jüdische Freunde; und eines Tages kam ich nach Hause und sagte: Vater, endlich mal etwas, das dir gefallen wird – ich verlobe mich mit David Kan. Statt mir zu gratulieren, schrie er (zum meinem Glück!), er dulde diesen jungen Mann aus dem Mützengeschäft nicht in seinem Haus, kapiert, du kommst mit was Anständigem heim und nicht mit Gesocks. Ich sah ihn an, und in diesem Augenblick schwand mein Hass. Seine Bildungsbürgerlichkeit hatte sich nicht in den engen Käfig der Glaubens- und Rassevorstellungen einsperren lassen.

Jahre nach seinem Tod bekam ich einen Briefwechsel in die Hand, den er mit einem Pfarrer geführt hatte. Dieser war offenbar sein bester Freund gewesen. Dem blinden Anhänger der Orthodoxie verzeihe ich nichts, dem Menschen jedoch alles, denn ich bin davon überzeugt, dass er ein Humanist geworden wäre, hätte er sein Leben noch einmal von vorn anfangen können.«

»Und deine Mutter, Wichtel?«

»Mit ihr war es ganz anders. Der weiblichen Eifersucht ist selbst der Hass nicht gewachsen.

Ich hatte sie in meiner Kindheit so sehr geliebt, und was tat sie mir an, als ich erwachsen war? Sie verstieß gegen das stillschweigende Vertrauen, das zwischen Mutter und Tochter besteht. Sie schnüffelte in meinem Schrank und scheute sich nicht, sogar das unterste Brett anzuheben, um an meine Briefe zu kommen. Wenn ich ausgehen wollte, machte sie mir vorher eine solche Szene, dass mein Gesicht über dem Abendkleid ganz bleich war und die Augen rot verweint. Nein, dem war Hass nicht gewachsen. An meinem einundzwanzigsten Geburtstag, als sie mir wieder den ganzen Festtag verdorben hatte, schrieb ich abends in mein Tagebuch: Ich wünschte, meine Mutter wäre tot.«

»Darf ich das Tagebuch lesen?«

»Ich hab's danach verbrannt.«

»War das der letzte Satz?«

Wichtel denkt kurz nach. »Nein«, sagt sie dann, »ich habe später noch einen Vorfall aus meiner Kindheit beschrieben, weil mich der Gedanke daran selbst so angeekelt hat. Es war eine meiner allerersten Erinnerungen. Diesen Sommer, ich war vielleicht fünf Jahre alt, verbrachten wir in Scheveningen. Ich spielte mit anderen Kindern im Freien. Meine Mutter rief mich. Sie rief mich immer genau in dem Augenblick, wenn ich davon überzeugt war, gerade so schön zu spielen, wie ich noch nie gespielt hatte. Wütend drehte ich mich um. Vielen Dank für die

Botschaft, rief ich, ich schmier sie gleich mit Kacke voll! Die anderen Kinder wurden auf der Stelle von ihren Müttern ins Haus gerufen und ich bekam Hausarrest, mit nur einem jüdischen Geschichtsbuch zum Lesen. Und mein Tagebuch endet mit einem damals für mich unbegreiflichen Ostergedicht, das ich zur Strafe auswendig lernen musste:

Neun Monate ist die Zeit,
Die der Schwangerschaft geweiht,
Ein gesunder Knab' wird, nach jüdischen Sitten,
Am achten Tage dann beschnitten.

»Und dann hast du es doch verbrannt. Hast du danach noch immer deiner Mutter den Tod gewünscht?«

»Nein, nein, nie wieder! Später ging es wie mit meinem Vater. Da habe ich sie anders gesehen und sie mehr und mehr schätzen gelernt. Und du, Rädertier?«

»Ich habe nicht viel zu erzählen«, sagt er. »Ich habe meine Mutter lieb. Sie ist das einzige Wesen auf Erden, das ich liebe. Eine Frau kann man ersetzen, eine Mutter nicht. *Un point, c'est tout.* Darf ich dort sitzen, Wichtel?«, fragt er dann, »an der Tischecke, in der Sonne? Willst du mir dort meine Suppe geben? Köstlich, Suppe mit Beinen!«

Wichtel könnte ihn auffressen, wenn er so etwas sagt. Und genau wie Mütter, die immer an ihren Kindern schnuppern, sie abdrücken und am liebsten in sie hineinbeißen und wieder in ihren Leib zurückstecken würden, oder wie Katzen, die ihr Junges lecken, so nimmt sie jetzt sein Gesicht, klemmt es zwischen ihre Brüste, schnuppert an seinem Haar und ihre Zunge wandert über und in seine Ohren. Rädertier lässt es zu, er hat es immer bedauert, dass er aus dem Bauch seiner Mutter heraus musste. Sie bringt ihn beinahe dorthin zurück.

Dann sind sie mit einem Mal wieder zwei ernste große Menschen geworden. Heute soll eine Entscheidung gefällt werden. Es werden Vorbereitungen getroffen, das Rädertier kurz nach der Befreiung des holländischen Südens zu repatriieren.

»Ich muss ein hohes Tier sprechen«, sagt er, bürstet sich die Fingernägel und schmiert sich Wichtels Brillantine ins Haar. »Putzt du bitte meine Schuhe? Das mag ich so gern. Du bist dann so eine richtig altmodische Frau, dem Mann weit untergeordnet. Soll ich einen Hut aufsetzen?«

»Er ist zwar verregnet, aber du hältst ihn ja doch in der Hand.«

»Ich habe nur noch einen Handschuh.«

»Rädertier!«

»Wichtel!«

Dann geht er durch Londons Straßen. Unter dem grauen Himmel kommt er an grauen Häusern vorbei zu einer Undergroundstation. Eine junge Frau vor ihm bückt sich, um sich den Schuh zu schnüren.

»Never tie your shoelaces in a cucumber field«, sagt er. »Das ist ein chinesisches Sprichwort. Ich suche schon lange nach dem Sinn dieser Worte.«

»Ich weiß nicht, was es bedeuten soll«, antwortet sie freimütig, »aber ich wünschte, ich könnte Gurken finden, mein Mann ist verrückt danach!« »So, Sie haben schon einen Mann, dann Guten Tag.« *Thank you, thank you*, lispelt ein Greis jedem zu, der ihm im Gedränge ausweicht. Eine solch übertriebene Höflichkeit stört das Rädertier. Er will im Übrigen auch nicht abgelenkt werden. Er kann nur an eins denken: Ich werde London verlassen. Er sieht auf seine Uhr, erst in einer halben Stunde hat er seine Verabredung mit dem h.T. Vielleicht fährt der Zug schneller, wenn er aufsteht. Also bietet er seinen Sitzplatz einer Frau undefinierbaren Alters an. Sie lächelt und er denkt:

Sie muss sich fragen, ob ich noch oder schon für sie aufstehe. Noch – hofft sie, schon – ist es leider …

Im Büro, wo man ihn zu warten bittet, ist es still. Aber wie groß ist doch der Unterschied zwischen dieser leeren Stille und der warmen Ruhe eines Zimmers, in dem Gedanken schweifen, die greifbar sind und die man deshalb gründlich sortieren kann. Jetzt tut sich was, eine neue Schreibmaschine wird hereingebracht. Zwei Tippfräuleins bewundern sie, eine dritte legt ein Blatt Papier ein und tippt die ersten Worte. Rädertier, neugierig, versucht von seinem Stuhl aus die Geheimnisse dieses dunklen Mädchens zu lesen … »Wir haben die Ehre, Ihnen den Empfang Ihres Schreibens zu bestätigen …« Er ist enttäuscht. Nun probieren die anderen die Maschine aus. Die Erste schreibt: »In Antwort auf Ihr Schreiben vom 9. diesen …« Die Zweite: »Aufgrund unvorhergesehener Umstände waren wir nicht in der Lage, Ihrer Bitte früher zu entsprechen.« Rädertier ist empört. Er muss sich beherrschen, um sich nicht selbst an die Maschine zu setzen. Das dunkle Mädchen erahnt seinen rebellischen Wunsch. »Möchten Sie es auch einmal versuchen? Man muss die Tasten kaum anschlagen.«

Und er tippt, während alle drei hinter ihm stehen, mit zwei Fingern … »Ein Theokrat ist ein Mann, der sich als einzig mögliche Regierungsform eine Gesellschaft vorstellt, in der die Führung im Namen Gottes von Ministern ausgeübt wird, die für ihn sprechen. Bei den Juden beispielsweise waren es die Richter, die diese Macht, die sogenannte Theokratie, innehatten. Aber wer weiß, wer Terpsichore war?«

»Ich!«, ruft die Größte, doch da kommt jemand herein, der das Rädertier in einen anderen Raum führt. »Netter Mann«, sagt die Schwarze. »Ein Verrückter«, meinen die beiden anderen. Sie können sich nicht in ihn hineinversetzen, denkt die Schwarze.

Das h.T. sitzt an seinem Schreibtisch. »Nehmen Sie Platz, Mijnheer Winter. Darf ich Ihnen eine Zigarette anbieten? Mal sehen, Sie kommen also wegen Ihrer Repatriierung. Die Befreiung des Südens der Niederlande steht unmittelbar bevor, es würde mich nicht wundern, wenn diese Nachricht bereits heute Abend im Radio käme. Darf ich offen zu Ihnen sein?«, fragt er.

Rädertier sieht ihn an. Es ist ein hochgewachsener, sehr soignierter Herr mit Schnurrbart. Eine Brille würde ihm gut stehen, denkt er. Da holt das h.T. ein Etui hervor, setzt einen Kneifer auf und fährt fort: »Lieber Mijnheer Winter, wir wissen Ihre Tätigkeit, der Sie während Ihres Aufenthaltes hier nachgegangen sind, überaus zu schätzen. Sie haben ein außergewöhnlich großes Verständnis für die Bedingungen erkennen lassen, die uns, die wir fern des Vaterlandes in Notzeiten ausharren, zu bestimmten Reaktionen und dementsprechendem Handeln zwingen. In Anbetracht dessen wäre es uns eine große Freude gewesen, Sie unverzüglich in die Niederlande zurückzusenden, damit Sie Ihre für unseren Staat so nützliche Betätigung künftig dort fortsetzen und jenem Grund und Boden ein wenig von Vorteil sein könnten, der uns allen so sehr am Herzen liegt.«

Rädertier reibt mit dem linken Schuh die Spitze des rechten sauber. Die braune Schuhwichse, die Wichtel gekauft hat, ist zu hell, sie muss die Dose umtauschen. Aber das geht natürlich nicht, sie ist ja schon geöffnet. Sie muss also eine neue Dose kaufen. Ich werde ihr extra Geld geben. Wäre, hat das h.T. gesagt, in Anbetracht dessen wäre es uns auch eine große Freude gewesen ... ein Perfekt ohne Wenn und Aber. Sein nächster Satz beginnt also mit ...

»Leider«, fährt das h.T. fort und macht eine kurze Pause. Es scheint ihm schwerzufallen, die richtigen Worte zu finden. »Ich kann offen mit Ihnen sprechen, nicht wahr?«, fragt er dann erneut. »Gewiss, gewiss, ich bin auf alles vorbereitet.« »Aber wahrscheinlich nicht hierauf. Lassen Sie mich Ihnen zunächst versichern, dass ich kein Antisemit bin. Im Gegenteil. Meine besten Freunde sind immer Ju... äh ... Israeliten gewesen, von denen ich sehr viel gelernt habe. Sie sind Teil unserer westlichen Kultur. Sie ergänzen uns. Wir sind, was unsere wechselseitige Geisteshaltung angeht, inkomplett, sie hingegen überkomplett. Und die deutsche Propaganda hatte auf mich, und auf alle, die wie ich denken, gerade die gegenteilige Wirkung; wir sind zu noch größeren Judenfreunden geworden. Aber die Völker der besetzten Länder hat diese Propaganda vergiftet. Uns ist zu Ohren gekommen, dass auch in Holland derzeit Antisemitismus weit verbreitet ist. Aus diesem Grund, mein lieber Mijnheer Winter – nehmen Sie doch noch eine Zigarette, keine Sorge, ich habe genug davon –, halten wir es für klüger, vorläufig nicht allzu viele Israeliten in die Niederlande zu senden. Wie sehr wir es auch bedauern – dieses Feuerzeug geht nie, ich wünschte, die echten Dunhills wären wieder zu haben –, mit Ausnahme einiger, jüdischen Landsleuten hierzulande vor bereits sehr langer Zeit gegebener Versprechen, denen wir unbedingt nachkommen wollen, müssen wir leider, Sie und einige andere betreffend, von unserem beabsichtigten Vorhaben absehen. Natürlich rechnen wir damit, dass Sie Ihre Tätigkeit hier weiter fortsetzen. Wir würden nicht gern auf Sie verzichten wollen, genauer gesagt, Sie sind für uns unverzichtbar geworden.«

Rädertier spürt, wie ihm das Blut in die Wangen steigt. Seine Unterlippe zittert, als er antwortet: »Gestehen Sie mir bitte zu, dass ich Ihr Angebot, in London zu bleiben, bis morgen noch kurz überdenke. Im Übrigen, was Sie über den Antisemitismus in den Niederlanden sagen, kommt mir sehr unwahrscheinlich vor. Das passt nicht zu unserem Volksgeist. Es ist nicht auszuschließen, dass sich eine solche, schon immer vorhandene, aber sicherlich marginale Strömung unter dem deutschen Regime mehr ans Licht gedrängt hat, aber kein Mensch, verstehen Sie, niemand würde sich daran stören, wenn ich Teil dieser begrenzten Gruppe jüdischer Delegierter würde. Oder gibt es unter meinen Landsleuten, die über meine Zukunft entscheiden, womöglich Personen, die mich lieber meiner Tätigkeit enthoben sähen?«

»Keineswegs, Mijnheer Winter, glauben Sie mir.« Das Telefon läutet. »Hallo, ja, ja, *darling*, um fünf, mal sehen. Sechs Uhr, ginge das? Eine gereizte Stimme? Aber wie kommst du denn darauf? Ich habe viel zu tun, wahnsinnig viel zu tun.«

Rädertier steht auf. Obwohl er mehr als einen Kopf kleiner ist als das h.T., fühlt er sich weit über ihn hinausragen, als er sagt: »Ihnen tut es leid, mir dies mitteilen zu müssen, mich freut es, dass Sie es getan haben.«

Jude! Er geht über die Straße, und im erstbesten spiegelnden Glas betrachtet er sich: ein blasses, langes Gesicht mit traurigen blauen Augen. Eine Jungennase, ein fragender Mund. Gewelltes Haar und Ohren, die zu nah am Kopf liegen, vor allem die Muschel des verwöhnten Ohrs ist an den Schädel gedrückt.

Jude! Er geht weiter und die Sonne, die inzwischen durchgebrochen ist, zeigt ihm in einer Schaufensterscheibe ungefragt noch einmal sein Porträt. Ein Mann, nicht klein, nicht groß, ein ganz gewöhnlicher Mann wie Gerrit und Bob, wie all seine Freunde in seinem Vaterland. Ein Mann, den eine Frau mag und dem sie vor allem zuhören will, seiner warmen Stimme, die unter die Haut geht.

»Schmerz in meinen Lenden, welch ein Elend«, sagt er laut.

»*What do you mean?*«, fragt ein blondes Kind. »Nichts«, sagt er und geht weiter.

Jude! Du bist jetzt gebrandmarkt. Du wirst nirgends mehr hingehen können, ohne dass sie dich mit dieser Gattungsbezeichnung etikettieren. Du bist kein Dichter mehr, kein Regierungsbeamter, kein Mann, kein Liebhaber, kein Sohn, du bist ein jüdischer Dichter, ein jüdischer Regierungsbeamter, ein jüdischer Mann, ein jüdischer Liebhaber und, ob du es willst oder nicht, ein Sohn des alten Volkes. Ich, der für sich als einzig möglichen Weg die Freiheit gewählt hat, ich werde einer bestimmten Gruppe angehören müssen, bestimmte Gesetze befolgen müssen, dies ist einem Juden gerade noch erlaubt, jenes nicht mehr. Ich ein Jude?

»Ich bin ein Jude, Wichtel, und deshalb sei es besser, mich nicht gleich in die Heimat zurückzuführen. Ich soll morgen dem h.T. meine Antwort überbringen, ob ich weiterhin hier arbeiten will. Das habe ich ihm versprochen. Eine Antwort. Wie lange hast du einen Stern getragen?«, fragt er dann.

»Zwei Monate. Dann bin ich weggegangen.«

»Wie sah der Stern aus?«

»So«, sagt Wichtel und zeichnet ihn für ihn auf, »und hier stand in nachgemachten hebräischen Buchstaben das Wort ›Jude‹, aber das habe ich mit Tusche in ›Jüdin‹ geändert. Dann habe ich den Stern mit schwarzer Seide im Festonstich eingefasst und auf ein schwarzes Kostüm geheftet und eine Bluse in der Farbe des Sterns dazu getragen. Ich erinnere mich noch, wie ich zum ersten Mal so ausging. Ich musste meine Lebensmittelkarten holen. Das Büro war voll und ich wartete darauf, an die Reihe zu kommen. Ein alter Herr trat auf mich zu: Erlauben Sie mir, sagte er, Ihnen im Namen aller Niederländer mitzuteilen, dass nicht wir es sind, die Ihnen diese Schmach antun. Keiner von uns, mit Ausnahme der Verräter, käme auf solch eine Idee. Dafür ist der gute holländische Geist zu frei, und übrigens, ich gratuliere Ihnen, dass Sie den Stern tragen dürfen. Dann kamen alle auf mich zu und drückten mir die Hand; man ließ mir den Vortritt wie einer Schwangeren. Das war auch wieder einer der Momente, in denen ich ein Gesicht zog, als würde ich ein Kind erwarten.

Während ich einige Zeit später den Zug mit einer Sondergenehmigung betrat, sahen zwei Jungen zu mir herüber und fingen an zu lachen. Ich sagte laut: Wenn ihr nicht aufhört, zieh ich euch die Ohren lang! Bravo!, riefen die Mitreisenden. Wenig später, in Den Haag auf der Straße, kam ein Deutscher auf mich zu und steckte einen Bleistift unter meinen Stern. Nicht aufgenäht, nur angeheftet, sagte er, sorgen Sie dafür, dass ich Sie nicht noch mal auf einen solchen Verstoß hinweisen muss! Und was soll das, ›Jüdin‹ statt ›Jude‹? Nun, sagte ich, ich finde es unnötig, dass Sie auch noch mein Geschlecht verändern. Was machst du denn da, Rädertier? Warum hast du einen Stern ausgeschnitten? Oh, wie malst du den schön aus! Noch ein bisschen kräftiger. Und was schreibst du für wunderbare Buchstaben. Wie gut du das kannst. Aber warum? Vergiss es doch lieber!«

»Vergessen«, sagt er, »es ist das erste Mal, dass ich daran denke«, und er steckt den Stern ein.

Die Nacht kommt, wie alle Nächte kommen. Leise und doch unerwartet. Rädertier kann nicht schlafen. Er lauscht Wichtels Atmen, es ist so ruhig, dass es ihm Angst macht. Er zieht die Knie an und betrachtet seine Füße. Die Fersen sind dunkler als der Rest. Ich habe gestern wieder das Waschen vergessen, denkt er, steht auf, lässt die Waschschüssel volllaufen und stellt einen Fuß ins kühle Nachtwasser.

»Was machst du?«, ruft sie. »Ich wasche meine Füße.« »Oh, großartig«, sagt sie und schläft zufrieden weiter.

Das Wasser beruhigt ihn. Warum soll ich mich nicht ganz waschen, denkt er, und seift seine glatte Brust, den Rücken und die Beine ein und wischt sie mit dem Schwamm ab, stäubt das parfümierte Talkumpuder von Wichtel darüber, die aufwacht und ihn in ihre Arme nimmt. Dann findet Rädertier wieder in die Stille der Nacht zurück.

Am nächsten Morgen geht er wie immer ins Büro. Ohne sich anzumelden, läuft er weiter zum Zimmer des h.T. Der sitzt bereits an seinem Schreibtisch. »Eine Zigarette, Mijnheer Winter? Glauben Sie mir, ich konnte heute Nacht nicht schlafen. Ich finde, es ist eine scheußliche Geschichte. Wenn wir nur eine Lösung wüssten.« Die Tür geht auf und nacheinander treten fünf h.T.'s herein. »Das trifft sich gut«, sagt h.T. 1, »die Herren sind über die Frage informiert. Können Sie uns Ihren Entschluss mitteilen? Aber, meine Güte, was ist denn das? Nehmen Sie dieses abscheuliche Ding bitte auf der Stelle ab. Was hat Sie nur um Himmels willen dazu bewogen, diesen Stern auf Ihr Revers zu heften? Erlauben Sie mir, ihn abzunehmen.« H.T. 1 schnellt auf das Rädertier zu wie ein Riese, der ihn verschlingen möchte. Doch Rädertier überragt ihn wie gestern abermals um einen Kopf. »Ich verbiete es Ihnen«, sagt er, und alle h.T.'s erschrecken sichtlich vor dem zornigen Blick dieses jungen Juden. »Es gibt für mich und für Sie drei Möglichkeiten: Entweder arbeite ich mit dem Stern weiter, denn ohne dieses Kennzeichen wären meine Kollegen und ich doch gleich und das geht ja jetzt nicht mehr, nicht wahr, denn ich bin ein Israelit, ein Jude, oder ich kündige auf der Stelle, es sei denn, Sie entscheiden sich womöglich doch noch dafür, mich unmittelbar nach dem Beginn der Befreiung des Südens zu repatriieren.«

Charakter, Charakter, Rädertier, zeig Charakter! Wie oft hat mir Wichtel meine Laxheit vorgeworfen.

Heute kann sie stolz auf mich sein. Heute bin selbst ich stolz auf mich.

Eines der hohen Tiere hat Tränen in den Augen, als er auf das Rädertier zutritt, die Nadeln aus dem Stern zieht, ihn erst auf seine Handfläche legt und aufmerksam betrachtet, bevor er ihn dem Rädertier zurückgibt. Der steckt ihn in seine Tasche. Nach einer Pause, die an eine Gedenkminute erinnert, sagt h.T. 1 mit einem ehrlichen Lächeln: »Gestern, Mijnheer Winter, baten Sie uns um vierundzwanzig Stunden Bedenkzeit für Ihre Antwort. Nun bitten wir Sie um dasselbe für die unsrige.«

»*All right*«, antwortet das Rädertier, und während er sechs kleine Wintermännchen in dem Büro zurücklässt, geht er wieder zurück an seine Arbeit. Einen Moment später ruft er h.T. 2 an. »Hier ist Winter. Kann ich ein paar Tage freinehmen? Ich merke, dass ich doch nicht in der Lage bin, etwas Vernünftiges zu tun.« »Mit Vergnügen, ruhen Sie sich einmal richtig aus. Bis bald.«

Rädertier räumt seinen Schreibtisch auf. Irgendwo hinten in einer Schublade liegt ein Präservativ, aus seiner Monatsration, als er noch Matrose war. Er hat sie nie verwendet, sondern immer Frederik gegeben, der sich damit die Taschen füllte. Das war sein Vize. Jedem Tierchen sein Pläsierchen, sagte mein Großvater. Dein Großvater, Rädertier? Das war ein alter Jude, ein Hausierer, der mit dem Bündel auf seinem Rücken von Dorf zu Dorf zog!

Er nimmt das Ding in die Hand und bläst es auf. Peng, peng! »Das ist ja wie auf der Kirmes«, sagt seine Sekretärin, die gerade hereinkommt. Rädertier sieht auf die Uhr: »Sie kommen eine halbe Stunde zu spät.« »Ich weiß«, antwortet sie, »aber mein Mann hat überraschend ein paar Tage Fronturlaub bekommen. Und deshalb, nun ja, Sie werden sicher verstehen …« »Ja, ich versteh schon. Ich überlasse alles Ihnen, ich bin jetzt mal ein paar Tage weg.«

Wichtel sagt: »Ich gebe dir den Flanellschlafanzug mit, draußen kann es verflixt kalt sein, und deinen Seemannspullover. Und dein Tagebuch.« Sie kann ihn nicht zum Zug bringen, sie muss zur Arbeit. In die Schuhe hat sie ihm Schokolade und Zigaretten gesteckt.

Am Abend kommt er in einem kleinen Ort am Meer an und sieht gerade noch das Dunkelrot der Felsen und dahinter die grünen Bäume. Wenn Wichtel ein Kleid mit einer solchen Farbkombination hätte, würde ich sie fortschicken, denkt er, aber in der Natur ist es von einer fast unheilschwangeren Schönheit. Die Pensionswirtin nimmt ihn mit ins Wohnzimmer. Dort sitzen alle Gäste um das Radiogerät … Der Süden von Holland wird befreit …

Rädertier geht in sein Zimmer, öffnet den Koffer und holt sein Tagebuch heraus. Jetzt sitzt er am Fenster auf dem Boden und schreibt beim Rauschen des Meeres mit Tränen in den Augen: »Gerade in meinem Ferienort angekommen, höre ich die bewegende Nachricht, der Beginn unserer völligen Befreiung. Ich habe Lust, in diesem verdammten Loch zu schreien. Diesen Augenblick habe ich mit so großer Ungeduld erwartet, und jetzt bin ich traurig, passiv, orientierungslos. Der Süden von Holland wird befreit! Der Schweiß tropft mir von der Stirn. Eindhoven ist vielleicht schon dem Feind entrissen. Meine Feder zittert. Welch ein beispielloser Sieg, welch ein Ereignis für das niederländische Volk. Ich weine …«

Bevor er sich ins Bett legt, schreibt er den Namen Wichtel auf einen Zettel, heftet ihn auf die blauseidene Tagesdecke, die über dem Fußende des Bettes hängt, und sagt: »Wie fehlst du mir gerade jetzt, mein liebes Wichtelchen.«

Am nächsten Morgen weckt ihn das Fräulein von der Pension mit einem Telegramm …

»Wichtel«, sagt er, »wie spät ist es?« Die Frau antwortet: »Sie träumen!« Er reibt sich die Augen und liest: »Wegen Kämpfen Süden Holland sofortige Wiederaufnahme Tätigkeit dringend erwünscht. Van Zweden.« (H.T. 1)

Am späten Nachmittag ist er wieder zurück in seinem Büro. Jetzt kommt h.T. 1 zu ihm, er schickt die Sekretärin weg und reicht ihm die Hand. »Gute Nachrichten«, sagt er, »es ist in Ordnung. Sie können in Kürze nach Holland zurück.«

Rädertier steht auf, und jetzt ist er nicht mehr einen Kopf, sondern sogar viele Köpfe größer als das stets lächelnde h.T. 1 und antwortet, während er ihm etwas in die Hand legt: »Ich hatte auf meiner Reise gerade die Zeit, diese Muschel für Sie aufzuheben, als Erinnerung an meine Flucht als Jude, im Jahr des Herrn 1944.«

- Im Fernglas -

Nach diesem Ereignis hat sich im Rädertier ein Klapp-Sinnesorgan entwickelt. Es klappte nur dann auf, wenn es nötig war, wie es auch bei diesen Klappbetten der Fall ist. Jedoch mit dem Unterschied, dass die Betten abends aufklappen, der Klappsinn dagegen mehrheitlich tagsüber Anlass zum Aufklappen fand.

Rädertier hatte nicht völlig Recht gehabt mit seiner Meinung, dass es in seinem Vaterland keinen oder wenigstens keinen größeren Antisemitismus gebe als vor dem Krieg, das musste er sich und dem h.T. 1 nach seiner Rückkehr insgeheim eingestehen. Ganz im Gegenteil, aber vielleicht hatte er früher solche Bemerkungen überhört, während sie ihm jetzt auffielen, in einem Augenaufschlag, im Mundverziehen desjenigen, der ihm gegenüber gerade eine Bemerkung unausgesprochen ließ. Also konnte er nicht mit Sicherheit sagen, ob der Antisemitismus während der Besetzung zugenommen hatte, und befragte daher die Leute, die dieses Gift schon aus der Zeit vor 1940 kannten, und alle versicherten ihm, der deutsche Einfluss habe den Judenhass gefördert. Und dadurch war dieses Sinnesorgan entstanden, das, wutsch, aufklappte, sobald Rädertier in seiner unmittelbaren Umgebung oder beim Lesen von Büchern oder Artikeln auf diesen Judenhass stieß. Wenn aber ein Freund, oder wen er für einen Freund gehalten hatte, zu ihm sagte: »Du natürlich ausgenommen, aber was willst du, Frans, der Typ, von dem ich dir erzählt habe, ist ein Jude, und von so einem kann man doch nicht dieselbe Reaktion erwarten wie von uns«, dann klappte das neu entstandene Sinnesorgan herunter und brüllte: »Komm mit, komm mit und lass ihn stehen!« Dem leistete er dann augenblicklich Folge, sogar ohne sich umzusehen und ohne groß darüber nachzudenken, was der andere wohl von ihm dachte. Denn es war ihm absolut unmöglich, über dieses heikle Thema zu diskutieren. Dann regte er sich nämlich auf und sagte Dinge, die er besser nicht gesagt hätte.

Als Kareltje, dessen weißblondes Haar zu einem dunklen, gewellten Schopf geworden und der zu einem kleinen Judenjungen herangewachsen war, eines Tages von der Schule nach Hause kam und sagte: »Papi, die Lehrerin hat eine Geschichte erzählt, dass die Germanen die ersten Menschen gewesen wären, und da habe ich meinen Finger gehoben, und als sie mich dann gefragt hat, was willst du denn, mein Junge, da habe ich gesagt: Fräulein, das stimmt nicht, mein Vater, denn in der Schule nenne ich dich nie Papi, hat mir erzählt, dass Adam und Eva die ersten Menschen waren. Wie kann das denn sein? Und da hat sie gesagt: Ihr Juden habt doch immer was auszusetzen, und dann fingen alle Kinder zu lachen an und ich musste weinen und dann …«

»Was dann?«

»Dann hat sie mir über den Kopf gestreichelt und gesagt, ja, schöne Strubbelköpfe, die habt ihr!«

Worauf das Klapp-Sinnesorgan in Aktion trat, den kleinen Jungen hochhob und ihn dem Rädertier ans Herz drückte …

Wenn er in der Presse auch nur das Geringste las, was nach Antisemitismus roch, griff er zum Stift, schrieb eine Erwiderung und rührte danach diese Tages-, Wochenzeitung oder Zeitschrift nie wieder an. Er vergrub sich in die Werke Henry Millers, die für ihn eine Entdeckung in Sachen Offenherzigkeit waren. Sie reizten ihn wegen der Genialität, mit der einige Szenen geschrieben waren, und stießen ihn ab, wenn sie sich Richtung Pornographie bewegten, also beim Lesen der Passagen, in denen Millers Feder den Kampf für eine gute Literatur verloren hatte. Manche Seiten erinnerten ihn an seine Geschichte mit Wichtel, aber er zog es auch weiterhin vor, von Wie nennst du ihn? zu sprechen, statt eindeutige Bezeichnungen zu verwenden, die sich oft hart und unharmonisch anhörten. Er hatte eigentlich geplant, alle Werke Millers zu lesen und einen Aufsatz darüber zu schreiben, stieß aber schon im ersten Buch auf unfreundliche Auslassungen über Juden.

Das überraschte ihn so sehr, dass er nicht einmal bemerkte, wie sein Klapporgan, dazu noch mit ungewohntem Tempo, herunterknallte. Er konnte einfach die Gedankenwelt dieses Autors nicht mit solchen Ideen in Verbindung bringen, und deshalb knallte das ungeduldig werdende Klapporgan wieder zu, bis es erneut auf eine ähnliche, wenig wohlwollende Passage stieß. Dann öffnete sich das Organ mit einem solchen Schlag, dass dem Rädertier das Buch aus der Hand fiel. Dort blieb es auf dem Boden liegen, wo die Putzfrau am nächsten Tag die ramponierten, mit wirren Kinderzeichnungen vollgekritzelten Buchseiten aufhob und in den Ofen warf.

Dieses Klapp-Sinnesorgan blieb von nun an sein treuer Begleiter. Es nahm dem Rädertier viel von seiner Spontaneität und Naivität und machte ihn stattdessen wachsam und argwöhnisch.

13
Mirjam

Henriëtje hatte auch eine Schwester: Mirjam.

Im weißen Haus am Wasser hatte Mirjam ihr Glück gefunden. Bis zu ihrer Heirat hatte sie das Leben nicht verwöhnt. Daheim war sie das mittlere Kind und bekam beispielsweise nie ein neues Kleid, weil sie immer irgendwann in die Kleider der Ältesten passte. Wenn dann später die Jüngste an der Reihe gewesen wäre, war das Kleidungsstück aber schon zu abgetragen. Mirjam durfte auch nie zu besonderen Anlässen mitkommen. Entweder war sie dafür zu klein oder zu groß. Deshalb schnappte sie sehr schnell ein, wie ihre Eltern das bezeichneten. Dann wurde sie zuerst rot, dann garstig und schließlich fürchterlich frech.

Auf der Höheren Handelsschule war sie eine nicht einmal mittelmäßige Schülerin. Schon früh wurde sie vom Mathematikunterricht freigestellt und konnte sich daraufhin mit solchem Eifer den anderen Fächern widmen, dass sie in Sprachen sehr gut wurde.

Aber was sollte sie nur nach der Mittleren Reife anfangen? Ich will heiraten, dachte sie, und Kinder kriegen, doch das konnte sie ihren Eltern nicht sagen. Liebe und alles, was dazugehörte, war etwas, worüber man nicht sprach, es passierte im Leben oder es passierte eben nicht. So wusste sie auch selbst nicht, was das eigentlich bedeutete. Sie wollte von zu Hause weg, das war alles. Junge Männer hatten ihr schon den Hof gemacht, denn sie war kräftig und üppig und hatte dicke Lippen. Ein langer pickliger Cousin war am weitesten gegangen. Er hatte sie einmal zu sich ins Zimmer gerufen, um ihr seine ausländischen Briefmarken zu zeigen. Darauf war sie gleich hereingefallen, denn sie war eine leidenschaftliche Sammlerin, all diese farbigen Papierchen mit den Stempeln fremder Länder faszinierten sie. Am liebsten wäre sie dort überall hingereist. Und über das Album gebeugt, hielt ihr Finger bei einem roten Bildchen inne, war das ein Königskind?, wie schön, dann wieder bei einem Grün, einem Meer mit Felsen, und auf einmal, als sie auf ein Bild stieß, das sie nicht verstand und deshalb in Gedanken versunken ihren Finger darauf liegen ließ, packte sie der picklige Cousin, und hopp, gegen das Tischbein! Aber dass das kein Tischbein war, merkte sie gleich, riss sich los und rief: »Tante, Tante!« Aber er drückte ihr ein Taschentuch auf den Mund, worauf sie ihn trat und er »Du gemeines Luder« sagte und sie losließ. Das war alles, was sie erlebt hatte, bis sie Arthur kennenlernte, höchst unromantisch im Büro, wo sie, weil man schließlich irgendetwas tun muss, als Schreibkraft arbeitete. Sie errötete, wenn er ihr einen Brief zum Abschreiben gab, und als sie ihn eines Tages auf der Straße traf und er sie zu einer Tasse Kaffee einlud, antwortete sie verdattert: »Ich habe gerade Kaffee getrunken.« Kurz darauf nahm er sie zum Rudern mit. Er war Mitglied des Ruder- und Segelvereins »Die Störche« und sagte: »Komischer Name, nicht wahr, glaubst du noch an den Klapperstorch?« Und sie antwortete »Nein«, wusste aber auch nicht, woran sie sonst glauben sollte. Sie war damals einundzwanzig und wohnte in Amsterdam.

Er hat sie dann wiederholt ausgeführt: zweimal ins Kino und ein paarmal in eine Gaststätte. Dort gefiel es ihr am besten, diese Kneipenstimmung, denn dann konnte sie gemütlich mit ihm reden. Er hatte zwar gar nicht so viel zu erzählen, er war ein stiller Bürgersohn, nicht ganz standesgemäß für sie, wenngleich aus einer sehr anständigen Familie, also keine Geschäftsleute. Aber was er sagte, klang für sie wie ein Gedicht. Möchtest du noch ein Eis? … Der Zug war heute voll, Mirjam … ich denke, dass ich morgen bestimmt diesen de Wit sprechen kann … Wenn das hier abgeschlossen ist, bekommst du wieder eine ganze Akte zu tippen, meine Kleine … Und dann lachte er und ergriff ihre Hand. Beim Nachhausegehen reichte er ihr den Arm. Und, mal sehen, es war der zweite, nein, der dritte Mai, genau eine Woche vor Mutters Geburtstag – es sollte in den Norden gehen zur Feier des Tages, denn der fiel auf einen Sonntag, an diesem dritten Mai, der deshalb auch ein Sonntag war –, als er sie gefragt hat: »Mirjam, willst du meine Frau werden?« Einfach gefragt, auf der Straße, wo ein Essensrestesammler um Nachschub rief und alle möglichen Leute es schrecklich eilig hatten. Darüber war sie sehr erschrocken, denn es kam völlig unerwartet – sie gehörte schließlich nicht zu den Frauen, die meinen, ein Mann würde ihr einen Antrag machen, sobald er ihr in der Straßenbahn das Taschentuch aufhob –, dass sie ihn zum nächstbesten Laden zog, vor ein Schaufenster mit Büstenhaltern und Korsetts, Büstenhaltern für junge Mädchen und für dicke Frauen und sogar Korsetts für Kinder und für Frauen, die guter Hoffnung waren. Dort waren auch über Holzbeine gezogene elastische Strümpfe zu sehen, und außerdem lagen da noch viele merkwürdige Dinge, die sie nicht kannte und deren Bezeichnung auch auf keinem Schild stand.

»Wie lautet deine Antwort, Mirjam?«, fragte er leise.

»Ja, oh ja«, erwiderte sie, und darauf hat er sie (und das trug sich alles vor diesem Geschäft zu) auf den Mund geküsst, auf ihre dicken Lippen. Laut Henriëtje hatte sie auch Ähnlichkeit mit Bobo aus dem wunderschönen Buch von Bertha van Osselen van Delden. Vor allem mit dem Bobo im Bad, wo man nur seinen Kopf über den weißen Badewannenrand ragen sah. Dasselbe Profil. Einen Teil der gereimten Geschichte sollte sie nie vergessen und sie ging ihr auch jetzt wieder durch den Kopf, während er, Herr de Bruin, sie immerzu küsste.

Und dann, an diesem siebzehnten Mai,
War noch ein weiteres Äffchen dabei,
Und der Vater sprach in traurigem Ton:
»Ich weiß keinen Namen für meinen Sohn,
Wir haben ja schon vierzehn Stück,
Und das macht mich noch ganz verrückt.

»Kleine Mirjam …«
»Herr de Bruin, darf ich Sie jetzt beim Vornamen nennen?«
Stets muss aufs Neue ich beginnen,
Mir neue Namen zu ersinnen.«
Darauf rief dann der kleine Ko:
»Ach, Vater, nenn ihn doch Bobo!«
Und zur Freude des kleinen Ko
taufte man das Kind nun so!

»Natürlich, natürlich, ich heiße Arthur.«
»Das weiß ich aus den Briefen.«
»Was für einen herrlichen Mund du hast.«
Und dann der Schluss, ging der nicht so?

Doch bald konnt' bei den Affentreffen
Bobo keiner an Beliebtheit übertreffen,
Doch ach, viel Zeit war nicht vergangen,
Da musst' der Kleine um sein Leben bangen.
Er ward gefangen, fest verschnürt,
Dann nach Europa hingeführt
Und mit vielen and'ren Tieren, oh weh,
Verkauft an den Zirkus von Carré.

Und dann passierte etwas, wenn es in einem Roman stünde, würde man es nicht glauben. Herr de Bruin, ach nein, Arthur, sagte: »Wo bist du nur mit deinen Gedanken, mein Liebes, hättest du Lust, in den Zirkus zu gehen?« Sie konnte natürlich absolut nicht sagen, warum sie ihn so komisch ansah. Sie dachte nur: Woher weiß er das, woher weiß er das um Himmels willen? Wenn ich ihn heirate, muss ich ihn dann nie etwas fragen? Und noch am selben Abend gingen sie in den Zirkus. Sie hatte ein neues schwarzes Kleid mit einem quadratischen Dekolleté angezogen, und sie saßen in der sechsten Reihe, und während die Pferde eingaloppierten, flüsterte er: »Hast du gesehen, Mirjam, wie sie auf deinen schönen Hals geschaut haben?« Und sie schlug die Augen nieder und dachte an Henriëtje, die ihr beigebracht hatte, ihren Hals mit einem Wattebäuschchen Eau de Cologne zu waschen. Henriëtje ging auch so gern in den Zirkus. Sie sagte immer, eine Welt ohne Tiere wäre doch vollkommen langweilig. Darüber haben sie früher stundenlang geredet. Nur die Mäuse, die wären beide gern losgeworden. Doch dann würden sich die Katzen langweilen. Und eine Welt ohne Tiere, das wäre auch eine Welt ohne Butter, Eier, Milch und Sahne. Wenn ich Arthur heirate, will ich jeden Freitagabend Sahne essen.

Henriëtje ging ihr einfach nicht aus dem Kopf, denn nun kamen die Affen. Arthur lachte auf einmal schallend, komisch, so eine Männerlache. Was würde ihre kleine Schwester wohl dazu sagen, dass sie jetzt Frau de Bruin wurde? Endlich hatte Henriëtje nun das Bett für sich allein. Und selbst wenn sie mit Arthur zu Besuch nach Hause käme, würden sie natürlich im Gästezimmer übernachten.

Nicht daran denken, nicht daran denken … Arthur würde bestimmt nicht alle Decken zu sich ziehen und mitten in der Nacht einen Streit anfangen, falls sie die Decke zurückerbat, wirklich freundlich zurückerbat. Denn was tat Henriëtje in so einem Fall? Sie lief knallrot an und schrie: Du falsche Bauerntrine, und zog sie an ihrem Nachtzopf. Einmal hatte sie ein ganzes Haarbüschel in der Hand behalten, und das hatte vielleicht wehgetan! Da konnte man sich noch besser den Blinddarm herausschneiden lassen. Ein anderes Mal war Henriëtje morgens um fünf auf die Straße gelaufen und hatte die Haustür hinter sich zugeschlagen, sodass sie nicht mehr herein konnte und deshalb klingeln musste. Und als der Vater dann rief: Wer kann das denn sein?, es war schon ein bisschen hell, hatte sie, Mirjam, geantwortet:

Nur der Milchmann, der muss doch heute Mittag verreisen, seinen Onkel begraben; daraufhin war der Vater wieder ins Bett gekrochen. Unten stand Henriëtje, sie hatte ihre Schuhe ausgezogen, aber die Stufen knarrten trotzdem. Wer geht denn da die Treppe hoch?, rief der Vater zwischen zwei Hustenanfällen. Niemand, ein betrunkener Student, aber er ist schon wieder weg, hatte sie geantwortet. Dann war Henriëtje heraufgeschlichen und hatte spontan aus ihrem Portemonnaie einen Gulden als Belohnung geholt. Und für diesen Gulden haben sie sich zusammen Charlie Chaplin angesehen.

Die Clowns findet sie ein bisschen übertrieben, aber die Affen! Was sind das doch für herrliche Tiere. Man stelle sich vor, dass Arthur ebenfalls diese Ähnlichkeit mit ihr sähe. Er ergreift immer wieder ihre Hand, legt sie auf sein Knie und obendrauf seine Hand. Das ist angenehm warm, und manchmal scheint er zu zittern. Sie wird ein bisschen schläfrig, und die Musik ist so laut, und es wird angesagt, dass der Löwe nicht kommt, weil die Löwin krank ist. Man denkt eigentlich nie an kranke Tiere, auch nicht an kranke Menschen, wenn man so gesund ist wie sie. Wie geboren zum Kinderkriegen, hat die alte Näherin immer gesagt, ein breites Becken und ordentliche

Brüste. Ja, Kinder will sie. Jungs, keine Mädchen, sonst gibt es nur Gezanke.

Eine Verlobung ist schließlich nichts anderes als eine Anzeige und ein paar Blumen. Und natürlich noch der Ring. Ein schmaler Goldreif um einen Finger, der einundzwanzig Jahre lang nackt gewesen ist. Man muss ganz automatisch auf den Finger schauen, wenn man auf der Maschine tippt, und manchmal auch auf Arthurs, vor allem, wenn er einem über die Nase streichelt. Komisches Ding zum Streicheln, so eine kleine gebogene Judennase mit einer großen Nasenspitze, die von der Seite betrachtet unglaublich hässlich ist und im Winter immer auch ein bisschen feucht. Wie sagte der lange picklige Cousin dazu jedes Mal auf Französisch? O, ja, *les petits ruisseaux font les grandes rivières,* viele kleine Bäche werden zu großen Flüssen. Das war doch nett von ihm, so konnte sie immer im richtigen Moment ihr Taschentuch herausholen. Ob Arthur dazu wohl auch etwas einfällt?

Doch um auf die Verlobung zurückzukommen, es gab nicht einmal eine Familienfeier, denn die Reise in den Norden war zu teuer und wäre außerdem ausgerechnet auf Mutters Geburtstag gefallen. Stattdessen waren freundliche Briefe gekommen; Henriëtje hatte eine Ansichtskarte geschickt, rosarot, mit Silberfäden durchwirkt, mit zwei Menschen, die sich im Mondenschein küssen. Ein seltsamer Geschmack war das, und man wusste dabei auch nicht, ob das jetzt Henriëtjes Geschmack war oder ob sie es scherzhaft meinte. Und ansonsten war das Leben einfach weitergegangen. Arthur kam abends zu Besuch in die Familienpension, in der sie wohnte, und durfte natürlich nicht mit auf ihr Zimmer. Deshalb saß er als Gast am runden Tisch, spielte Karten mit den Herren und sagte gelegentlich: »Mirjam, Schatz, reich doch mal den Aschenbecher«, oder: »Hast du noch eine

Tasse Tee für mich, Kleines?« Und wenn sie ihn dann später zur Tür brachte, ja, dann war das etwas völlig anderes, dann küsste er sie, jedes Mal länger, einmal hat er sogar seine Zunge zwischen ihre Lippen gedrängt, aber das wollte sie nicht, man stelle sich vor, wenn man sich schon vor der Zahnbürste der eigenen Schwester ekelt, kann man so was doch erst recht nicht machen. Jedes Mal, wenn sich jetzt diese Zunge zeigte, musste sie wieder an die Zahnbürste denken; noch viel schlimmer war, sobald sie ihre Zahnbürste benutzte, sah sie nun diese Zunge. Das war sehr unangenehm, denn das war entweder beim Schlafengehen oder beim Aufstehen, jedenfalls wenn sie allein war, deshalb hatte sie schon darüber nachgedacht, sich die Zähne gar nicht mehr zu putzen, so ein unerträgliches und vor allem genantes Gefühl bekam sie dabei.

Einmal in ihrer Verlobungszeit war Henriëtje zu Besuch gekommen. Arthur fand die Schwägerin etwas eigenartig, fast ordinär, und sie hatten nicht gewusst, worüber sie reden sollten. Wenn er zweideutig wurde, weil er dachte, das würde Henriëtje gefallen, wurde sie ganz still, und wenn er sich zurückhaltend verhielt, weil sie vielleicht doch auf ihre Art distinguiert war, begann ihre Schwester Witze zu erzählen, die Mirjam nicht verstand.

Und entgeistert hatte er von der Zimmerecke aus zugesehen, wie Mirjam »Der Mann mit dem einen Auge« spielte. In ein Betttuch gehüllt, in dem durch ein Loch nur ein Auge zu sehen war, rannte sie im Zimmer hin und her und schrie: »Der Mann mit dem einen Auge, der Mann mit dem einen Auge!«, bis Henriëtje flehte: »Hör auf, hör doch auf damit, es macht mich verrückt. Ich kann es nicht mit ansehen!« Aber Mirjam hörte nicht auf, sie war fast wie vom Teufel besessen, dachte Arthur, und machte weiter, bis Henriëtje auf die Knie fiel: »Mein Gott, Mirjam, so glaub mir doch, ich kann nicht mehr!« Es war ein Spiel aus ihrer Kindheit, und ob ihre Schwester wirklich Angst hatte, wusste Mirjam auch nicht, aber es war trotzdem himmlisch. Nur Arthur stand wie ein Fremder daneben, das kam vielleicht davon, dass er ein Mann war.

Und so hatten sie sich auf ihre Hochzeit zubewegt. Unmerklich war es Sommer geworden, ein heißer Sommer. Mirjam hatte mit einer Freundin das Hochzeitskleid genäht. Nach französischem Modell, aber natürlich nicht ganz genauso, denn die Französinnen waren ja alle so schlank, und Mirjam hatte mehr denn je dieses breite Becken und die vollen Brüste, die jetzt bald ihren Nutzen beweisen würden. Also wurde hier eine Falte eingenäht und dort ein Streifen, und es ähnelte inzwischen ein bisschen einem übertrieben ausstaffierten Puppenkleid, aber das Weiß passte doch sehr gut zu ihren roten Wangen. Arthur wurde immer verliebter, ein Glück, dass sie jetzt nicht mehr ins Büro musste, kürzlich hatte er alle Briefe fallen lassen, nur weil er ihren Namen aussprach, und die grässliche Ziege von einer Wieling hatte laut gelacht. »Aus purem Neid«, sagte Arthur, aber er war ebenfalls froh, dass sie nicht mehr im selben Büro arbeiten mussten, denn das war nichts für einen Mann mit Gefühlen.

Gegen Ende ihrer Verlobungszeit bringt der Zug sie nach Norden. Mirjam ist müde, sie nickt ein, den Kopf auf Arthurs Schulter, die Hand auf seinem Knie. Er sitzt da und sieht beschützend auf sie herab. Alles, was in ihm gut ist, und das ist sehr viel, kommt nach oben. Er wird ihr ein schönes, angenehmes Leben bieten. Er wird sie verwöhnen, ihr treu sein, und, falls er ihr doch mal untreu sein sollte, braucht sie es jedenfalls nie zu erfahren. Denn das wäre schließlich nur mit einer Frau, die nicht viel taugt. Er wird hart arbeiten und im nächsten Jahr eine Lebensversicherung abschließen. Sie kann eine Zugehfrau haben und, wenn das erste Kind kommt, ein im Haus wohnendes Dienstmädchen. Er wird sie jeden Samstag ins Kino ausführen und zwischendurch auch mal ins Theater. Aber in Konzerte muss sie allein gehen, das macht er nicht so gern. Ihre Verwandten dürfen regelmäßig zu Besuch kommen, er möchte nur nicht, dass Henriëtje ihre Freunde mitbringt, denn wenn dann so eine Geschichte zwischen Henriëtje und einem Freund wieder aus ist, wie verhält man sich später diesem Mann gegenüber? Muss man ihn dann noch grüßen? Wie macht Henriëtje das eigentlich? Grüßt sie denn alle Männer, mit denen sie … nun ja, im Bett war, ist vielleicht ein bisschen übertrieben, mit denen sie etwas hatte? Wie froh ist er doch, dass Mirjam noch Jungfrau ist, eine unerfahrene Jungfrau, nicht aufgeklärt von der Mutter oder von Freundinnen. Einfach wird es nicht sein, natürlich hätte man mit einer Henriëtje in der ersten Nacht mehr Spaß, aber eine Ehe hat mehr Nächte als die erste, und dafür braucht er Mirjam, und für sein Haus und für seine Kinder, kurzum, für sein Familienglück. Warte nur, warte, im nächsten Jahr kaufe ich das weiße Haus am Wasser …

Am Bahnhof wartet Henriëtje. Sie trägt einen großen weißen Hut. »Ausgeborgt«, sagt sie, »und für morgen habe ich ein schwarzes Kleid mit Pailletten, das kommt aus dem Verleih.« Sie steigen in eine Droschke, die eigens für sie bestellt wurde. Das Pferd poltert über das Kopfsteinpflaster, Henriëtje klopft ans Fenster, sobald sie einen Bekannten sieht, und Arthur zündet eine ganz besondere Zigarette an und gibt sogar seiner Schwägerin eine ab. Zu Hause sind natürlich viele Geschenke zu bewundern, Silber und vor allem viele Vasen, oben breit und unten schmal, aber auch oben schmale und unten breite. Und überall stehen Blumen. Vaters Kollegen kommen alle zum Gratulieren, auch der Vorsitzende der jüdischen Gemeinde, dort ist Vater Mitglied, und es sind bunte Karten, manchmal sogar handgeschriebene Visitenkarten von armen Juden gekommen, denen Vater an Rosch Haschana Kuchen schickt, natürlich ohne Wissen der Mutter. Manchmal sind die Glückwünsche in hebräischen Buchstaben, dann wieder in lateinischen, aber alle mit schwerer Hand gemalt und mit vielen Fehlern.

Gegen Abend geht Arthur in sein Hotel, er darf nicht zu Hause schlafen, und Mirjam muss in die Mikwe. »Bitte nicht!«, ruft sie der Frau zu, die sie badet, »nicht meine Haare untertauchen, ich war gerade beim Friseur.« Es gibt keinen Spiegel, sie hätte so gern noch einmal Bobo im Bad sehen wollen, ein letztes Mal. Denn morgen ist doch alles anders … sie schläft in dieser Nacht allein, Henriëtje liegt auf dem Gästebett und ach, sie schläft so gut, sie hat vor nichts Angst. Arthur ist ein toller Mann, ein lieber Mann, die Güte strahlt aus seinem Gesicht, ein *gebensjt ponem*, hat die Näherin gesagt.

Das Puppenkleid steht ihr wunderbar, und heute legt sie auch ein bisschen Puder auf ihre roten Wangen. Dann fahren die Droschken vor, vier Stück, und jede Droschke ist mit Rosen geschmückt, Rosen in derselben Farbe wie die in ihrem Brautstrauß. Arthur ist ein bisschen nervös, der Zylinder drückt, und er betupft sich mit dem Taschentuch ständig die Stirn, aber festlich sieht das schon aus, zu alldem, diese schimmernde Seide. Und so fahren sie los, zuerst zum Rathaus, ein feierliches Ereignis, vor allem das Familienstammbuch, in dem Platz für die Namen so vieler Kinder ist, das wird sie nie vergessen.

Danach geht es zur Synagoge. Mirjam steht rechts von Arthur unter dem Tallit. So hat sie Henriëtje einmal auf einem Schnappschuss gesehen, mit einem Mann, den sie nicht kannte, genau so, aber in einem gestreiften Bademantel und natürlich nicht in der Synagoge, sondern am Strand. Sie müssen jetzt Wein trinken, Mirjam schmeckt er nicht, aber was soll's, es muss sein, es gehört nun mal dazu; und dann steckt ihr Arthur den Ehering an die rechte Hand, während er mühsam die hebräischen Worte nachflüstert, die ihm Wort für Wort vorgesprochen werden: »Mit diesem Ring bist du mir angeheiligt nach dem Gesetz von Moses und Israel …« Wieder kommt ein Becher Wein, über dem sieben, sage und schreibe sieben Segenssprüche ausgesprochen werden, dann wird der Inhalt des ersten und des zweiten Glases vermischt, Mirjam nippt kurz daran (mit geschlossenen Augen) und auch die ganze Familie muss davon trinken. Allein Henriëtje nimmt einen zu großen Schluck und Arthurs Schwester, der sie das leere Glas weiterreicht, sagt, Henriëtje habe schlechte Manieren.

Zu Hause sind die Tische festlich gedeckt, und bevor sie Platz nehmen, überreicht Arthur ihr sein Brautgeschenk. Es ist kein Ring, nein, kein Schmuckstück, es ist ein in Leder gebundenes Buch mit Goldschnitt. Das Geschenk eines einfachen jüdischen jungen Mannes, der die Traditionen seiner Vorfahren fortsetzen möchte, ohne dass sie ihn selbst groß in Anspruch nehmen. Mirjam liest den Titel: *Andachtsbuch für israelitische Frauenzimmer zur öffentlichen u. häuslichen Erbauung in allen Verhältnissen d. Lebens als Jungfrau, Braut, Gattin u. Mutter.* Auf die erste Seite hat Arthur in seiner schönsten Reinschrift geschrieben: »Brautgeschenk für meine geliebte Ehefrau Mirjam Bas, an unserem Hochzeitstag, 5. Tammus 5684 – 7. Juli 1924, dargereicht von mir, ihrem sie liebenden Ehemann, Arthur de Bruin. Der Allgütige segne und beschütze uns.«

Dann beginnt die Hochzeit, mit Liedern und Reden, mit Wein und Armagnac von einem Cousin, Reisender in Spirituosen. Und Mirjams Vater blickt zufrieden um sich und bekommt zum Glück nicht mehr als drei Hustenanfälle.

Jungfrau, Braut, nun wird sie Ehefrau. Im teuersten Hotel des Städtchens haben sie ein Zimmer gemietet. Alles ist aus Mahagoni und die Tagesdecke ist aus gelber Seide. Sie nimmt sie vom Bett und faltet sie zusammen. »Wie spät ist es eigentlich?«, fragt sie. »Acht Uhr«, sagt er, »aber morgen gehen wir früh auf Reisen.« »Ich bin müde, Arthur, ich bin wirklich froh, dass ich endlich schlafen gehen kann.« Aber das ist jetzt unangenehm, sie kann sich doch nicht ausziehen, während er danebensteht. Und es gibt weder Badezimmer noch einen Toilettenschrank. »Drehst du dich bitte um?«, fragt sie. »Natürlich«, erwidert er. Dann zieht sie sich aus, schnell ins rosa Nachthemd und ab ins Bett. »Ich mach die Augen zu«, sagt sie, »dann kannst du dich ausziehen.« Er hat einen Schlafanzug aus blauem Leinen und er zieht, zum ersten Mal seit Jahren, auch die Hose an und schlüpft lautlos ins Bett.

Kurz muss er an Henriëtje denken, wie leicht es mit ihr jetzt wäre. Mirjam legt ihren Kopf wieder auf seine Schulter, wie im Zug. »Was ist, schläfst du schon, Mirjam?« »Oh, nimm's mir nicht übel, Arthur, das kommt von dem vielen Wein, willst du noch ein bisschen reden?«

Beim Lieben musste sie weinen, sie hat sogar ein paarmal ach Mutter, ach Mutter gerufen, und das, obwohl sie ihre Mutter nicht einmal besonders mochte. Ratlos hat Arthur die Braut und Ehefrau dann eben auf später verschoben und ist neben der Jungfrau erschöpft in den Schlaf gesunken. Am nächsten Morgen steht Henriëtje wieder am Zug. Sie flüstert Mirjam etwas ins Ohr, die schüttelt aber den Kopf, dann flüstert sie Arthur etwas ins Ohr und der nickt zustimmend. Jetzt begreift Henriëtje überhaupt nichts mehr, und Mirjam bekommt so einen merkwürdigen Blick. Doch zum Nachfragen reicht die Zeit nicht mehr. Der Zug fährt los. Ein Bund ist geschlossen.

Von der kleinen Wohnung im Obergeschoss, die sie anfangs bewohnten, sind sie bereits nach einem Jahr in das weiße Haus am Wasser umgezogen. Dort wurden ihre beiden Söhne geboren, zwei gesunde holländische Jungs, von denen einer als Zehnjähriger Meister im Damespiel wurde, der andere drei Hockeypreise gewann und beide in der zweiten Klasse der Höheren Handelsschule sitzenblieben. Mirjam trug ihren Anteil zur jüdischen Erziehung bei. Sie feierten Bar-Mizwa, wogegen die Jungen, bis auf die langatmigen Unterrichtsstunden, nichts einzuwenden hatten. Am Ende brachte das viele Geschenke ein: eine goldene Uhr, einen Füllfederhalter, eine Enzyklopädie, und das alles im Plural, oh, es war eine glückliche Familie. Der Vater balgte und wanderte mit den Kindern, während sich die Mutter daheim mit einem Lächeln die Socken ihrer drei Männer vornahm. Große Probleme waren nie zu lösen. Arthurs Geschäfte gingen mit jedem Tag besser, sodass die verschlissenen Tüllgardinen jetzt durch Spitzen ersetzt wurden, ein andermal wurde ein elektrischer Herd angeschafft, von dem Erna sehr angetan war, das Dienstmädchen, das allmählich mit zur Familie gehörte (wenn der Hausherr nicht da war, sprach sie die Hausfrau einfach mit Mirjam an).

Und all das stille, einfache Glück machte aus diesen vier eine festgefügte Familie. »Es kommt, wie es kommen muss«, sagte Arthur immer, doch es kam nichts, ihr Leben verlief genauso wie das am weißen Haus vorbeiziehende Wasser. Im Frühjahr und Herbst bekamen alle neue Kleider, und wenn sie dann am Sonntag spazieren gingen, im Strom der anderen Sonntagsspaziergänger, dann trugen sie den Stempel guter Bürger, die ihre Pflicht gegenüber Gott und der Gesellschaft erfüllten.

Im Sommer schlossen sie ihr Haus für einen Monat ab und reisten in die Wälder oder ans Meer. In diesen Wochen kam Mirjam Arthur näher. Er liebte das Landleben und verwandelte sich mit einem Schlag vom Geschäftsmann in den Naturfreund. Doch nicht nur sein Aussehen erlebte diese Metamorphose, alles, was ihr an ihm manchmal so bedeutungslos erschien und im Grunde auch bedeutungslos war, verflog hier in der Wärme und Sonne. Denn in ihrer, was man so gute Bürgerfamilie nennt, drehte sich ein Großteil der Konversation um Materielles. Das störte Mirjam oft und sie versuchte, kein Wort über das zu verlieren, was ihr Hans, der Ältere, von den Schulstunden erzählte. Auch er fühlte in seinem Vater diese Leere und wandte sich deshalb mehr und mehr der Mutter zu. Sogar ein bisschen im Geheimen, aus Liebe, aus Liebe, beschwichtigte Mirjam, denn sie wollte nicht, dass Arthur etwas davon bemerkte.

Doch in diesem einen Sommermonat war immer alles anders. Auf den langen gemeinsamen Wanderungen, während die Kinder spielten oder radelten, zeigte er ihr die Blumen und Pflanzen und kannte nicht nur ihren holländischen, sondern auch den lateinischen Namen. Das überraschte sie und sie fragte ihn: »Woher weißt du das denn alles?« Und er antwortete stolz: »Das war schon immer mein Hobby, ich hatte früher ein Herbarium und suchte mit dem Pflanzenbestimmungsbuch die Familie der Pflanze, die ich gefunden hatte. Wir sollten uns nicht auf die blühende Heide legen, Mirjam, das tut den Gewächsen weh.« Am meisten liebte er Kiefernwälder und suchte dort Kienäpfel; er hatte einen großen Sack dabei, um sie darin nach Hause mitnehmen zu können, für den Küchenherd, sagte er. Oft streckte er sich unter den Kiefern neben ihr aus und konnte stundenlang so liegen bleiben. »Woran denkst du?«, fragte sie ihn manchmal.

»An nichts«, gab er dann zurück, »ich bin eigentlich kein Träumer, und trotzdem kann ich meine Zeit damit verbringen, an nichts zu denken. Die Geschäfte scheinen so weit weg. Das hier sind Ferien, Mirjam, ich bin glücklich.«

Und am Meer war es genauso. Dann mietete er ein Boot, und sie ruderten zu viert und fischten. Aber wenn er das blutende Tier am Haken sah, löste er es immer so schnell wie möglich wieder und warf es ins Wasser zurück. Sie machten nur wenige Bekanntschaften auf Reisen, er sagte, er rede nicht gern in den Ferien, doch das war natürlich nicht die volle Wahrheit, denn er wusste schließlich, dass er bei Gesprächen über Politik und das Weltgeschehen nicht mithalten konnte. Die Zeitung bestand für ihn aus der Börsenrubrik und den Anzeigen. Nur selten las er einen Leitartikel, und weil er die Nachrichten nur unregelmäßig verfolgte, verstand er auch nicht deren Sinn. Und wie wichtig war das überhaupt, sie waren weit von dieser undurchschaubaren Welt entfernt, sie lebten sicher in ihrem kleinen, aber höchst wohlorganisierten Holland.

Wenn das nur so bleibt, dachte Mirjam bisweilen, doch diese Worte sprach sie nie aus, nicht einmal, als der Krieg kam. Das Leben wurde zwar schwieriger, die Jungen mussten bereits nach kurzer Zeit auf eine spezielle jüdische Höhere Handelsschule, und sie mussten den gelben Stern tragen, aber wenn sie dann ihren Sonntagsspaziergang wieder wanderten, waren sie doch immer noch dieselben guten Bürger, die ihre Pflicht gegenüber Gott und der Gesellschaft erfüllten. Nur inzwischen vielleicht ein bisschen mehr Gott gegenüber ...

Dass Erna nicht mehr bleiben konnte, erwies sich dagegen als großes Problem. Nacheinander wurden verschiedene jüdische Mädchen eingestellt, aber deren Angst vor der drohenden Gefahr machte Mirjam nervös. »Welche Gefahr?«, fragte Arthur, »denkst du vielleicht, dass mich der Moffe kriegt? Mit welchem Recht sollte er mir meine Freiheit nehmen können? Ich bin Niederländer, verstehst du, und ich habe genau dieselben Rechte wie all meine anderen nichtjüdischen Landsleute.« »Ja aber«, sagte das Dienstmädchen, und in ihrem Gettogesicht erstarrten die jugendlichen Züge vor Furcht, »das kann zwar so sein, aber die Moffen sehen das anders, und mein Bruder ist abgehauen und die ganze Familie meiner Mutter ist irgendwo im Süden untergetaucht. Und ich bleibe auch nicht länger.« Am nächsten Morgen kam sie nicht mehr.

»Arthur«, hat Mirjam gesagt, »müssen wir nicht auch etwas tun?«

Da steht sie vor ihm, eine breite, dicke Frau mit müden Augen. Da steht sie und wartet auf seine Antwort. Im Garten spielen die Jungen, die Straße ist ihnen verboten und das Kanu ist in der Scheune abgestellt. Er denkt kurz nach. Was geht nur in ihrem Kopf vor, fragt er sich, als er antwortet: »Wir bleiben in unserem Haus, wir bleiben zu viert beisammen.«

Inzwischen ist es richtig Sommer geworden und Hans hat gerade seinen siebzehnten Geburtstag gefeiert. Er schreibt an Tante Henriëtje: ... es war ein toller Tag. Jetzt noch im nächsten Jahr Abitur, und dann will ich Medizin studieren oder, wenn es sein muss, ins Land unserer Ururgroßeltern zurück, um Bauer zu werden. Wartest Du noch auf mich, Tante? Du hast mir doch versprochen, mich zu heiraten, wenn Du zweiundfünfzig bist. Heute kein Kuss, denn ich küsse keine Frauen mehr, beziehungsweise noch nicht ...

Es hängt Unheil in der Luft, denkt Mirjam. Die Arbeit will heute nicht vorangehen. Sie steht in der Küche und wartet auf die Söhne, die in der einen Stunde zum Einkaufen sind, in der Juden Zutritt zu den Geschäften haben. Von allen Seiten sind in den letzten Tagen schlechte Nachrichten eingetroffen, dieser ist spurlos verschwunden, jener wurde deportiert, und Arthur kann sie mit seinem Optimismus nicht mehr davon überzeugen, dass sie gut daran tun zu bleiben. Paul, blond wie ein holländischer Junge, sollten sie den nicht besser zu den Bauern schicken? »Die Brüder bleiben zusammen, wir bleiben alle vier zusammen«, hat Arthur wiederholt. Und noch am selben Tag hat er sein Geld zur Bank gebracht, besser, als es zu Hause aufzubewahren, und er hat sie geküsst und gesagt, dass sie nach dem Krieg alles nachholen werden, was sie jetzt entbehren müssen.

Sie steht noch immer dort in der Küche, eigentlich tut sie gar nichts, ihr Kopf ist so leer, und ach, wie dumm war es von ihr, zu denken, sie hätte ein Drama daraus gemacht, wenn Arthur sie betrogen hätte. Als ob so etwas wirklich wichtig wäre.

Dann geht die Klingel. Es wird nicht mehr oft geklingelt, denn es kann niemand mehr kommen, nur durch die Hintertür schauen die Nachbarn noch herein. Sie ist zur Haustür gegangen. Der Postbote hat ihr vier Briefe ausgehändigt. Er hat etwas zu ihr gesagt, mit leiser Stimme, aber sie hat es nicht verstanden. Sie ist in die Küche zurückgelaufen, und von der Küche in den Garten, und mit dem Ausruf »Es ist passiert, es ist passiert, oh Gott, allmächtiger Gott!« ist sie zusammengebrochen.

Zur selben Zeit sagt Arthur im Jüdischen Rat (denn wo konnte man sich sonst hinwenden, nicht wahr?): »Glauben Sie mir, meine Dame, wir werden unser Bestes tun, damit Sie nicht wegmüssen. Aber selbst wenn Sie gehen müssen, ist nicht alles verloren. Das wird ein Jährchen harter Arbeit, dann fangen Sie wieder von vorn an, in einem freien Vaterland.«

Die Nachbarn, die Mirjam gehört haben, bringen ihr Eau de Cologne, und Mirjam hat ihre Augen wieder geöffnet und gesagt: »Wir müssen weg, wir müssen auch weg.« Dann ist Arthur nach Hause gekommen. Mit Blumen. Das kam nicht oft vor, aber heute ist ein besonderer Tag, der siebte Tammus, sie sind achtzehn Jahre verheiratet. Es ist das erste Mal, dass er diesen Tag vergessen hat, und Mirjam auch, aber im Jüdischen Rat hat ihn der Kalender daran erinnert. Daraufhin hat er einem Jungen, der vor einem Blumengeschäft stand, Geld gegeben, um Rosen zu kaufen, rote Rosen, denn er selbst durfte das Geschäft nicht mehr betreten. Das hat der Junge verstanden und ein Trinkgeld abgelehnt. »Behalten Sie Ihr Geld«, hat er gesagt. Eine Dreiviertelstunde ist Arthur mit den Blumen nach Hause gelaufen, während neben ihm die Juden verbotene Straßenbahn vorbeifuhr und er so furchtbar müde war. Unentschlossenheit war der Antrieb für seinen Optimismus. Er war ja nie in Schwierigkeiten geraten, aber diese hier konnte er langsam nicht mehr wegdiskutieren und deshalb lachte er sie weg. Als er ins Zimmer kam, saß Mirjam auf dem Diwan, die Arme um ihre großen Jungen geklammert. Er hat gleich begriffen, was geschehen ist, und hat trotzdem mit einem Lächeln – seinem letzten Lächeln – die achtzehn roten Rosen vor sie hingelegt und gesagt: »Das sind unsere Ehejahre.« Dann hat er angefangen zu toben, zu fluchen. Auf den Lärm hin kam der Nachbar über das Gartentor und durch die offene Terrassentür herein. Und Arthur: »Ja, auf dich fluche ich, hörst du das? Du als Niederländer, ihr Niederländer, ihr hättet dafür sorgen müssen, dass man euren Landsleuten so etwas nicht antut. Ich habe dieselben Pflichten erfüllt wie ihr alle, verstehst du das ...«

»Komm, komm, beruhige dich ein bisschen«, sagt der Mann, »wenn ich nicht wüsste, dass du selbst nicht glaubst, was du da behauptest, würde ich dir keine Hilfe anbieten. Was braucht ihr? Meine Frau wird für alles sorgen. Zerreiß deine Papiere, und wenn du vielleicht noch ein paar Sachen hast, die ich für dich aufheben soll, kannst du sie mir ruhigen Gewissens anvertrauen.«

Die Brüder haben ihre Rucksäcke geholt und gepackt, als gingen sie zum Zelten. Der Jüngere spielt mit einer Glaskugel, in der ein buntes Mädchen im weißen Schnee steht. Wenn er sie schüttelt, wirbeln die Flocken um sie herum und über sie hinweg und dann wird sie schön, so wunderschön.

»Denkst du, dass ich sie mitnehmen darf?«, hat er den Älteren gefragt.

»Aber sicher, Kleiner«, hat Hans geantwortet, »ich nehme mein neues Französisch-Wörterbuch mit; wenn ich alles, was da drinsteht, auswendig lerne, kann ich wenigstens eine Sprache gut, wenn wir, ich schätze mal, nach zwei Jahren wiederkommen. Denn die Höhere Handelsschule müssen wir dann bestimmt nachholen. Nicht so toll, in einer Klasse mit so vielen Jüngeren zu sein.«

»Wenn Mami nicht so traurig wäre«, sagt Paul, »fändest du es dann so schrecklich? Es ist mal was anderes, eigentlich ein großes Abenteuer. Vielleicht müssen wir auf dem Land arbeiten, vergiss vor allem nicht deinen Pullover.«

»Ja«, sagt der Ältere, »aber Mami ist natürlich nicht grundlos traurig. Glaubst du, dass wir zusammenbleiben?«

»Natürlich, wir sind doch eine Familie.«

»Wenn sie uns Mami wegnehmen, stech ich einen Moffen ab. Denn ich nehme mein Pfadfindermesser mit, das ist schön scharf.«

»Und Papi und ich zwei andere Moffen. Das sind dann schon drei. Wenn das jeder täte, wären sie bald ausgerottet.«

Dann lässt sich der Ältere ins Spiel des Bruders hineinziehen. Sie nehmen die Vorhänge vor den Fenstern ab, die werden schließlich vorläufig nicht mehr gebraucht, und wickeln sich darin ein. Hans ist der Jude, Paul der Moffe, und das Ende ist, dass der Moffe unter zwei Rucksäcken zerschmettert wird. »Vorsicht, Vorsicht!«, ruft Paul, »das Glas mit der Schneefrau, mach sie nicht tot!«

Mirjam sitzt noch immer auf dem Sofa, die roten Rosen liegen auf ihrem Schoß. Außer ihr ist niemand mehr im Zimmer, im Flur spricht Arthur mit dem Nachbarn. Sie kann nicht hören, was sie sagen. Aber worüber sprechen sie eigentlich? Es ist doch nur noch eine Sache zu erledigen … »Arthur!«, ruft sie. Er antwortet nicht. »Arthur!«, ruft sie noch einmal. Darauf kommt er ins Zimmer. »Wir müssen uns beeilen«, sagt er, »ich werde so viel wie möglich wegschaffen, retten, was zu retten ist. Leg dich ein bisschen hin, Liebste, du bekommst gleich Hilfe. Ich habe nach Erna geschickt. Die Jungen sorgen schon für sich selbst. Heute Nacht werden wir alle miteinander reden.« Er legt ihren Kopf auf das Kissen und streckt ihre Beine, müde, geschwollene Beine. Ihr ist kalt. Er deckt sie mit einer Decke zu. »Die werde ich für dich mitnehmen«, sagt er und beugt sich über sie. »Arthur«, sagt sie, »ich habe einen Plan, hörst du mir bitte zu?« »Heute Nacht, Mirjam«, gibt er zurück und küsst ihren kalten Mund. Die Tränen rinnen ihm über die Wangen. »Ich habe einen Plan«, sagt sie wieder. Da kommt Erna ins Zimmer. Es ist, als wäre sie nie weg gewesen. Als würde sie gleich fragen: Was ist heute zu tun? Ich denke, dass wir wieder mal Pfannkuchen essen sollten. Und sie sagt: »Es ist genauso, als ob ich wieder anfangen dürfte, Mirjam. Aber Meneer de Bruin denkt, es wird noch eine Weile dauern, bis es vorbei ist. Sie hat auch nicht richtig sauber gemacht, meine Nachfolgerin. Larifari. Na ja, sie war natürlich mit den Nerven runter. Was soll ich ausräumen? Den Wäscheschrank?«

Die Frau von Nummer neun kommt jetzt auch dazu. Mirjam kennt sie kaum. Sie hat Lavendelwasser mitgebracht und besprenkelt Mirjam damit. Dann hilft sie mit den Schränken. Alles fällt in großen Paketen zu Boden: plumps, die Überzüge, plumps, plumps, die Bettlaken, und die Frau von Nummer neun sammelt alles auf, steckt es in einen großen Koffer, trägt dann den Koffer nach Hause und kommt mit einem anderen, leeren Koffer zurück und fängt wieder von vorn an. Nach dem Wäscheschrank ist der Kristallschrank an der Reihe, das Prunkstück des Haushalts, und jetzt läuft die Frau von Nummer neun zuerst mit drei Gläsern nach Hause, dann mit vier, und sieh nur, jetzt trägt sie sogar sechs gleichzeitig. Und jedes Mal besprenkelt sie Mirjam wieder mit Lavendelwasser. Erna legt auch alles in Koffer, doch bei ihr ist das etwas ganz anderes. Mirjam weiß nicht genau warum, aber bei ihr wirkt es fast so, als würde Erna diese Gegenstände wie Gäste bei sich aufnehmen, während »Nummer neun« einen Abschied für immer bedeutet.

Und so kommt der Abend. Jetzt sind keine Fremden mehr im Haus, nur Erna ist geblieben. Die Jungen haben ihre Rucksäcke in den Flur gestellt. »Dürfen wir was essen?«, fragt der Ältere, »und was?« »Du kannst nehmen, was du möchtest«, antwortet die Mutter. Im Küchenschrank liegt Wurst, dort steht auch eine Schüssel mit Eiern und noch ein Rest Pudding. Was für ein Fest wäre das gestern gewesen: Du kannst nehmen, was du möchtest! Plötzlich haben sie keinen Hunger mehr, Hans brät Paul ein Ei, und Paul schneidet für Hans Wurst ab. Als sie dann zu zweit am Küchentisch sitzen, fragt der Jüngere: »Sollen wir uns verstecken?« »Nein«, antwortet Hans, »wir bleiben bei Vater und Mutter.«

Die Sonne geht unter, sie haben kein Licht gemacht. Hans stellt den Wecker auf fünf Uhr und wünscht den Eltern Gute Nacht. Mirjam nimmt seinen Kopf in ihre Hände, ihre Finger krallen sich in seine Haare. »Au, Mami, du tust mir weh.« Und während er den Kopf wegdreht, sieht er seine Mutter: ein bleiches Gesicht mit fremden, tiefen Falten und glanzlosen Augen. Wenn du alt wirst, Mutter, hat er immer gesagt, werde ich für dich sorgen. Der bekannte Satz eines jeden Sohns zu einer jeden Mutter, doch diese Mutter ist in wenigen Stunden eine alte Frau geworden, wie Hans in denselben Stunden ein Mann geworden ist. Dann kommt Paul ins Zimmer, er hat seine Haare mit Mehl eingestäubt und ruft: »Denkt ihr, dass sie einen Albino haben wollen? Soll ich mal mit meinem Stern auf die Straße gehen und gucken, ob sie es wagen, mir was zu tun?« Erna scheucht ihn aus dem Zimmer und geht mit nach oben, um die Jungen noch einmal zuzudecken.

Jetzt ist es Nacht. In dem leeren Zimmer zerreißt Arthur Papiere. Gegen drei Uhr ruft ihn Mirjam. »Hör auf damit, es ist nicht mehr nötig«, sagt sie. »Die Jungen schlafen, dreh den Gashahn in ihrem Zimmer auf. Mach die Tür gut zu und komm dann wieder nach unten, ich warte in der Küche auf dich, Arthur.« Sie spricht jedes Wort so langsam aus, als wolle sie von ihnen Abschied nehmen, Worte, die sie nicht mehr brauchen wird, die immer zu ihrem Leben gehört haben. Dann steht sie auf, es ist das erste Mal seit der Hiobsbotschaft von heute morgen, dass sie steht.

Arthur sieht, was auch sein Sohn eben gesehen hat: Mirjam ist eine alte Frau geworden. »Soll ich es lieber machen?«, fragt sie. »Keiner von uns beiden«, antwortet er, »ich weiß, dass ich das nicht mitnehmen kann, Mirjam«, und er holt das *Andachtsbuch für israelitische Frauenzimmer* vom Bücherbord. »Vor achtzehn Jahren habe ich es dir gegeben und es ist noch so neu, als ob du es erst heute von mir bekommen hättest. Du hast es nie aufgeschlagen, und darüber kann ich nur froh sein, denn als Ehefrau und Mutter hattest du keinen Leitfaden nötig. Du hast immer gewusst, was in bestimmten Situationen zu tun ist. Erinnerst du dich noch an die schönen Buchstaben, die ich hineingeschrieben habe, mit dem Füllfederhalter, den du mir einmal geschenkt hast? Wir können das Buch nicht mitnehmen, es ist zu schwer. Wir brauchen andere Dinge dringender. Aber glaubst du nicht auch, dass es uns beschützen wird, wenn wir es hier in unserem Haus lassen?«

Noch nie hat Arthur so mit ihr gesprochen, so ernst, so vernünftig. Er lauscht seiner eigenen Stimme, es ist, als läse er die

Worte irgendwo ab. Vielleicht von Mirjams zitternden Händen, die sich gegen seine Brust stemmen. Er stellt das Buch wieder zurück und nimmt sie in die Arme. Darauf weint sie leise und lange, und ihre Tränen vermischen sich und laufen gemeinsam über ihre Kleider.

»Das Rote Meer, durch das wir ziehen müssen«, sagt Arthur. »Der Allgütige segne und beschütze uns.«

- Im Fernglas -

»Sie haben an Gott geglaubt«, sagt die Frau von Nummer neun zu Henriëtje, »und in diesem Glauben sind sie am Morgen des 8. Juli 1942 wohlgemut losgegangen. Es kann auch ein bisschen später gewesen sein, aber damals sind so viele Juden weggegangen, dass man sich das ja nicht alles so genau merken kann.«

»Natürlich nicht«, sagt Henriëtje.

»Ihre Schwester hatte ihren neuen Wintermantel an, ihr war schrecklich heiß und sie war ganz rot. Sie lief doch häufig so rot an, sie hat wohl feine Äderchen gehabt. Komisch eigentlich für eine junge Frau. Die Jungen hatten Rucksäcke, und Ihr Schwager trug einen Koffer. Ihre Schwester hatte nur einen Einkaufskorb in der Hand. Erna, die bei mir übernachtet hatte, lief mit der Katze auf dem Arm ein Stückchen neben ihnen her. Natürlich nicht weit, denn alle vier trugen den Davidstern. Ja, das ist eigentlich alles, was ich weiß.«

»Vielen Dank«, sagt Henriëtje.

»Die Jungen haben ›Oranje Boven‹ gesungen. Mein Mann rief: Nicht so laut, gleich hören es die Moffen! Aber was konnte ihnen noch passieren? Sie glaubten doch an Gott.«

»Natürlich«, sagt Henriëtje.

»Was ihren Hausrat angeht, das wurde so gut wie alles nach

Deutschland gebracht. Den kleinen Teppich hier? Den hat mir Ihr Schwager geschenkt. Dieses Bild hier auch, und meine Tochter hat das Frühstücksservice als Abschiedsgeschenk bekommen und noch ein paar unwichtige Sachen. Deshalb gehen Sie leider leer aus. Ihnen bleibt nur die Erinnerung.«

»Ich danke Ihnen«, sagt Henriëtje wieder.

Und als sie, mit abgewendetem Kopf, an dem weißen Haus am Wasser vorbeigeht, ruft ihr die Frau von Nummer neun noch aus der geöffneten Tür nach: »Eine Jüdin, die festgenommen war, aber gleich wieder freigelassen wurde, hat Ihre Schwester noch vor ihrer Abreise aus unserem Land gesehen.

In einem Schuppen. Sie schnitten ihr gerade die Locken ab. Schade drum, sie hatte so schönes Haar, aber bei so einem Wust bestimmt hygienischer.«

Henriëtje geht weiter, ohne sich umzudrehen. Und in der stillen Allee ertönt laut ihre Stimme:

Mirjam, Mirjam,
Meine Schwester, die als Kind
Die Melonenkerne trocknete
Und sie zu Ketten aufzog,
Um damit ihr Haar zu schmücken …

14
Tagebuchblätter an eine Tote

Mutter, es ist Nacht, eine der Nächte, in denen die Gedanken klarer sind als tagsüber. Ich bin aufgestanden, um Ihnen zu schreiben. Denn ich muss auf die Nachricht reagieren, die vor mir liegt und in der nur steht: »Branca Winter, geboren 8. April 1893, verstorben in Theresienstadt, 6. April 1943. Yvette Duclos.« Die Nachricht ist an Frans Winter adressiert, Hauptquartier der Niederländischen Marine zu London.

Wer ist diese Yvette Duclos, Mutter, warum schreibt sie mir das, haben Sie diese Frau darum gebeten, kann sie sich nicht getäuscht haben, muss ich das glauben, Mutter, dass wir uns niemals wiedersehen? Nein, ich glaube es nicht, ich weigere mich, es zu akzeptieren, im Krieg geschehen so viele merkwürdige Dinge, nicht wahr? Sie sind am Leben, zwar vielleicht tatsächlich in Theresienstadt, aber Sie leben dort mit all den anderen Frauen, nicht wahr, Mutter? Und vorsorglich haben Sie dieser Yvette und vielleicht auch noch anderen gesagt: … wenn ich einmal nicht mehr bin, dann gebt meinem Sohn Bescheid, er ist bei der Marine, er ist mein einziges Kind und ich will, dass er weiß, dass ich nicht mehr zurückkomme. Diese Yvette hatte natürlich noch viel mehr solcher Aufträge. Als sie die Chance zur Flucht bekam und wieder in ihrem Heimatland war, hat sie jedem geschrieben. Und weil sie sich nicht mehr gut erinnern konnte, wer und wer nicht gestorben war, hat sie sich geirrt. In der Nacht wird das Denken so klar. Gestern Abend habe ich mich mit diesem Brief zwischen den Lippen aufs Bett geworfen und um mich getreten, wie ich es auch früher tat, wenn ich mich nicht wehren konnte, und habe geweint, so sehr geweint. Aber das ist jetzt vorbei und ich schreibe Ihnen diese Tagebuchblätter, die ich Ihnen später zu lesen geben werde, die wir später zusammen lesen werden.

Ich erinnere mich noch an den Tag, an dem ich Holland verlassen musste. Wir blieben zusammen wie zwei Liebende, und ich musste immer an Tante Martine denken, Ihre jüngste Schwester, die aus Langeweile zum Psychiater ging und alles auf diese Analyse zurückführte, nicht nur bei sich, sondern auch bei anderen. Und wie sie eines Abends hereinkam, mich umarmte und sagte: Guten Tag, Ödipus. Ich verstand sie nicht recht und reagierte deshalb nicht. Guten Tag, Ödipus, wiederholte sie, weißt du nicht, wer das war? Ödipus, antwortete ich, der seine Mutter so sehr liebte. Ja, natürlich, lachte sie, und seitdem hat sie mich nie mehr anders genannt. Ich war sehr vernünftig und tat, als ob ich nichts merke, aber hat Sie das nicht auch gestört? Woher kennt sie die Grenzen unserer Liebe? Und kennen wir sie denn selbst?

Nun, an diesem letzten Tag, an dem wir zusammen waren, als ich Ihre Augen betrachtete, da bedauerte ich es, nicht nur meinetwegen, sondern aller Söhne und Töchter wegen, dass uns der schönste Ausdruck verlorengeht – das Gesicht der Mutter über der Wiege ihres Kindes. Doch mit einem Mal – zum ersten Mal – sah ich dieses Leuchten in Ihren Augen, ein Leuchten, wie es keine Frau für ihren Mann haben kann, wie es nur bei Müttern für ihre ganz kleinen Kinder aufleuchtet, eine Zärtlichkeit, die nicht einmal der Schlaf wegpusten kann.

Noch überrascht und erschüttert von dieser Entdeckung, beobachtete ich Sie bei der Vorbereitung von allem, was ich so gern aß: ein großes Beefsteak mit Salat und Bratkartoffeln, und zum Nachtisch Schokoladenpudding. Mein Geburtstagsessen, seit ich sprechen gelernt hatte. Und als es dunkel wurde, haben Sie gesagt: Du musst jetzt gehen, mein Junge, du musst aufbrechen, es ist Abend und ich möchte nicht, dass du bis zum Morgen wartest. Wir haben uns angesehen und Sie haben meine Hände genommen und sie geküsst. Wir hatten keine Tränen, weder Sie noch ich. Sie gaben mir Vaters Uhr, man hat sie mir später im Gefängnis abgenommen. Tu deine Pflicht, Frans, haben Sie noch gesagt, du bist immer so ein guter Sohn gewesen. Und als ich die Haustür hinter mir zugezogen hatte, wusste ich, dass ich Sie wiedersehen würde. Und deshalb muss dieser Brief von Yvette Duclos auf einem Irrtum beruhen, verstehen Sie? Denn wir kommen wieder zusammen, Mutter. Erinnern Sie sich noch an die Geschichte mit dem Matrosenanzug? Es war ein schöner hellblauer Matrosenanzug aus einem viel weicheren Stoff als der grobe marineblaue – den wir beide eigentlich haben wollten. Damals war ich fünf Jahre alt und wir gingen zusammen spazieren. Wir wollten zu einer Spielzeugausstellung, doch bevor wir dort ankamen, lief ich einfach los, um Blumen zu pflücken (war das nicht im Vondelpark?). Das darfst du nicht!, riefen Sie, und ich erschrak so sehr über Ihre Stimme, dass ich über die Sträucher auf die schwarze Erde stolperte. Mein schöner Anzug war über und über dreckig geworden, aber Sie haben nicht gesagt: Zur Strafe gehen wir jetzt nicht in die Ausstellung, nein, Sie sagten nichts, sondern nahmen mich an der Hand und sind mit mir in ein Geschäft für Kinderbekleidung gegangen. Sie fragten die Verkäuferin: Haben Sie auch einen weißen Matrosenanzug, der diesem Jungen passt? Und ja, sie hatte einen; Sie zogen ihn mir an und sagten nur: Weiß wird noch viel schneller schmutzig als Blau, Frans. Oh, Mutter, das werde ich nie vergessen. Und wissen Sie noch, wie ich abends beim Füßewaschen, wenn Sie mit diesem widerlichen nassen Waschlappen auch zwischen meine Zehen fuhren, flehte: Lass mir doch ein bisschen Dreck, ich spiele doch so gern damit, wenn ich im Bett liege.

Was für Erinnerungen, und später meine Krankheit, derentwegen wir so viel zusammen waren, und noch später ließ ich Sie mit Vater allein, der kurz darauf verstarb. Mutter, sind Sie eigentlich eifersüchtig auf Marjolijns Liebe zu mir? Denn ich habe Sie noch nie von Herzen freundlich zu ihr gesehen. Sie sagte Du zu Ihnen, obwohl ich Ihnen gegenüber immer in der Höflichkeitsform sprach. Sie war intim mit Ihnen, wie nur Frauen intim sein können, Sie sprachen mit ihr über Dinge, die ich nicht hören durfte, und trotzdem, wenn Sie Marjolijn lange nicht sahen, dachten Sie auch nicht an sie. Sie war jung, und Ihre Haare begannen schon grau zu werden, Mutter, aber ich war stolz auf Sie. Ich liebte es, mit Ihnen spazieren zu gehen und Sie meinen Freunden vorzustellen. Ich habe jetzt wieder viele neue Freunde, die nehme ich später alle zu Ihnen mit.

Die Nachricht von Ihrer Deportation erhielt ich in Madrid, nach meiner Befreiung aus dem Lager. War ich zu leichtgläubig? Ich wusste, dass Theresienstadt ein Lager für Auserwählte war, und machte mir deshalb nicht allzu große Sorgen. Auch weil ich Ihre Gesundheit und Ihre Zähigkeit kenne, war ich davon überzeugt, dass Sie durchkommen. Und das bin ich immer noch. Bald ist der Krieg vorbei, dann werde ich wissen, dass ich Recht gehabt habe. Dann komme ich zu Ihnen, Mutter, dann lege ich wieder meine Arme um Ihre Schultern, dann sehe ich wieder in Ihre Augen …

Aber diese Yvette Duclos, was wollte sie eigentlich? Ich lese die Nachricht erneut. 6. April 1943, das war vor mehr als einem Jahr. Mutter, Mutter, sagen Sie mir doch, dass sie sich geirrt hat, sind Sie tot, sind Sie schon so lange tot, ohne dass Ihr Sohn davon gewusst hat? Ich glaube inzwischen doch, was sie mir schrieb, ich bin davon überzeugt, dass es die Wahrheit ist. Es war Wahnsinn zu denken, dass eine Frau, der eine solche Nachricht aufgetragen wird, eine Unbedachtheit beginge.

Sie sind also kurz vor Ihrem fünfzigsten Geburtstag gestorben. An einer Krankheit? Oder hat man Sie dort getötet oder verhungern lassen? Mutter, Mutter, werde ich das je erfahren? Aber will ich es überhaupt erfahren? Was hat man mit Ihrer Leiche gemacht, wer war bei Ihnen, als der Tod eintrat, diese Yvette, eine Fremde? Mutter, Mutter, wo ist Ihr Grab …

Bisher habe ich den Krieg mit Jungsaugen gesehen. Vielleicht mit ein wenig ängstlichen Jungsaugen, wenn mir seine Gefahren zu nahe kamen. Doch das liegt an meinem Wesen, dagegen kann ich nichts tun. Wie Sie wussten, wollte ich Matrose werden, um mitzukämpfen, ohne eigentlich zu wissen, was das bedeutet. Ich lese jede Woche die Verlustlisten und denke: Arme Kerle, ihr musstet euer Leben für die Freiheit lassen; doch weiter gehen diese Gedanken nicht. Ich bleibe in den Trümmern der zerstörten Häuser stehen und sage laut: »Hoffentlich zahlen sie das Berlin tausendfach heim.« Ich habe von Konzentrationslagern und Deportationen gelesen und meine Sorge beschwichtigt, aber in den nächtlichen Träumen, also in meinem Unterbewusstsein, gelang das nicht …

Ich habe mir in London ein Leben aufgebaut, ich war von lauter Wichtigtuern umgeben, unter ihnen durchaus auch ein paar wirklich wichtige Personen. Ich liebte die vielen Uniformen auf dem Piccadilly, ich wusste, dass wir den Krieg gewinnen werden, und außer meiner Angst um Sie, liebe Mutter, außer meiner völligen Ungewissheit über das Schicksal von Marjolijn und den Kindern, Gefühlen, die mich nie verlassen haben, die mich aber auch nicht kleinkriegen konnten, habe ich, ja, trotz meines Alters, den Krieg nicht mitgemacht und nicht begriffen, sondern nur an den von mir erhofften Sieg gedacht. Erst im Augenblick unserer vollständigen Befreiung werde ich ihn begreifen, was schreibe ich hier, mit dieser Nachricht von Yvette Duclos hat mich der Krieg erreicht, in seinem ganzen Grauen erreicht. Was mir am liebsten war, ist mir genommen. Mutter, Mutter, hören Sie, Sie sind mein Ein und Alles, und ich schreibe Ihnen diesen Brief, ich widme Ihnen diese Tagebuchblätter, es ist nicht üblich, sie Toten zu widmen, doch ich weigere mich zu sagen: zu Ihrem Gedenken. Erneut glaube ich, dass Sie zurückkommen werden, dass Sie diese Zeilen lesen, diese Blätter in Ihren lieben Händen halten und sagen werden: »Danke, Frans …«

Sie sollen wissen, Mutter, dass dieser Frans, Ihr Sohn, auch wenn er den ganzen Krieg mit Jungsaugen gesehen hat, durchaus weiß, worum es geht. Dagegen zu sein wirkt so negativ, aber es ist oft positiver und überlegter, als sich einer Gruppe anzuschließen, was in vielen Fällen nichts anderes ist als eine Flucht vor dem Alleinbleiben. Ich hasse die Nazis nicht nur, ich durchschaue sie auch. Für mich ist der Nationalsozialismus gewissermaßen ein Monster, das während seiner Entwicklung seine Hirnfunktionen mit denen seiner Därme gleichsetzt, sie in ein einziges Organ umwandelt, woraus folgt, dass sie nicht mehr unabhängig voneinander funktionieren können.

Ich weiß nicht, ob ich mich klar ausdrücke, Mutter, vor allem bleibe ich ein Dichter. Was mich jedoch keineswegs daran gehindert hat, den Faschismus objektiv zu betrachten, als eine Lebensform, in der sich der Mensch seinen rohesten Instinkten überlassen kann. Und gerade dieses Gefühl der Überlegenheit, das nur von den Möglichkeiten herrührt, die ihm die Technik bietet, trägt dazu bei, seinem Gesicht diesen leeren, meist überheblichen Ausdruck zu geben, der von Kind an ein Kennzeichen der Nazi-Jugend ist. Ich habe in Holland, aber auch auf meiner Flucht, oft deutsche Soldaten frei herumspazieren sehen. Freiheit, er kennt keine Freiheit, habe ich immer gedacht, denn sobald er dem Marschschritt, mit dem er aufgewachsen ist, untreu wird, um ein paar Stunden zu schlendern, dann schlendert sein Kamerad neben ihm im Gleichschritt mit, bevor er gleich wieder in Marschtritt übergeht. Freiheit …

Mutter, Mutter, Ihr Sohn ist einfach gegen alles. Viele nehmen es ihm übel, aber glauben Sie mir, ich kann nicht anders. Glauben Sie mir … kann eine Tote noch glauben? Ich habe den Verstand verloren, ich schreibe einen Brief an eine tote Mutter, die kein Grab hat, das ich besuchen kann. Mutter, ich weiß jetzt, dass es wahr ist, Sie leben nicht mehr, ich fühle es, mein Stift will nicht mehr …

- Im Fernglas -

»Das sollte Piet mal sehen«, ruft die alte Frau van Opbergen, »das sollte Piet mal sehen, wie ich hier in dieser Kälte versuche, den Ofen anzumachen. Er würde denken, dass ich verrückt bin, er würde mir das Holz aus den Händen reißen. So eine Trantüte, was für eine Trantüte, hat Papa immer gesagt.«

»Ruft er an, ruft er an, wer ruft an?«, schreit ihre taube Schwester zurück.

»Mensch, so eine Trantüte, sage ich. Dass wir jetzt hier sitzen. Weiß der Himmel, wohl bis an unser Lebensende. Meinetwegen kann es morgen kommen, ich kann nicht von Erinnerungen zehren, ich hasse die Erinnerungen aus einem anderen Leben. Und sie werden ohnehin immer unwirklicher.«

»Was sagst du jetzt wieder?«

»Nichts, gar nichts.« Auch reden kann sie nicht so viel, wie sie möchte, diese Suzanna wird von Tag zu Tag schwerhöriger. Und was hilft schon das Reden, da sitzen wir jetzt als Auserwählte in Theresienstadt, weit weg von allem. Von unserem großen Haus an der Hogenhoucklaan, vom Personal, das für einen rackerte und rannte, von dem Packard und von Piet, dem Chauffeur. Und wenn wir jemals wieder zurückkommen sollten, finden wir von alldem nichts mehr vor. Dann kann ich mir mit fünfundsechzig noch eine Arbeit suchen, nach einem Leben im Luxus. Aber was kann ich schon arbeiten, ich habe nie etwas gelernt. Oder soll ich mich vielleicht vom Staat versorgen lassen? Oh Gott, da kullern wieder die Tränen. Komm schon, Kopf hoch, alte Sofia. Dass Suzanna sich gehen lässt, reicht doch schon. Wo bleibt denn dein Humor? Du bist wenigstens relativ gesund, ab und zu ein paar Probleme mit dem Magen, aber das hattest du daheim auch nach einem zu guten Essen. Die Arbeit wartet, es sind noch zehn Kartoffeln da, die werde ich mit der Schale kochen, das bringt noch ein paar Vitamine mehr. Aber zuerst die Nase putzen. Wo ist jetzt nur ein Stück Papier?

»Du musst sie besser waschen!«, schreit Suzanna.

Sie antwortet nicht, sie war schon lang genug mit den Händen in dem schmutzigen, kalten Wasser. Suzanna macht keinen Finger krumm. Aber wenn man taub ist, ist man doch nicht lahm. Wie vulgär, denkt sie, ich rede schon wie Geertje, die Zugehfrau. Wie sehr habe ich mich doch verändert, ich, Frau van Opbergen, Vorsitzende des Komitees für gefallene Mädchen, Sekretärin von Kunst Adelt, Gemahlin des Direktors der Vereinigten Seilfabriken. Gott sei Dank, dass Samuel so vernünftig war, unmittelbar vor Kriegsausbruch zu sterben. So hat er diese Misere nicht erleben müssen.

»Du musst sie besser waschen!«, schreit Suzanna noch lauter. Eine Frau betritt den Raum.

»Können Sie bitte ein wenig leiser sein?«, fragt sie. »Ihre Nachbarin ist schwer krank, ich denke nicht, dass sie die Nacht noch erleben wird.« Sie spricht leise, sie spricht Französisch.

Und Sofia fragt: »Madame Winter?« »*Oui*«, antwortet Yvette Duclos, »*la pauvre, elle n'a même pas cinquante ans.*«

Branca Winter liegt auf dem Eisenbett, mit geschlossenen Augen. Es ist jetzt ganz still, mittlerweile nicht nur in ihrem Zimmer, sondern auch nebenan. Yvette lauscht dem immer schwächer werdenden Atmen. Sie hat noch nie jemanden sterben sehen, sie hat Angst davor. Heute ist sie einfach der Arbeit ferngeblieben, sie will bei Branca sein, man kann einen Menschen doch nicht allein sterben lassen. Natürlich stirbt man allein, wie man auch allein geboren wird und letzten Endes auch allein lebt, aber sie will ihr wenigstens die Augen schließen, ihre lieben Augen. Wenn sie die nur einmal noch öffnen würde.

»Möchtest du etwas trinken?«, fragt sie. »Nein, ich will nichts mehr«, antwortet Branca, »denn nun ist alles schon fast vorbei.« Sie schaut sie an, ihre Pupillen sind groß und tiefbraun, sie schaut Yvette an, so sanft ist ihr Ausdruck und schon so fern.

»Du hast die Adresse meines Sohnes, Yvette, geh zu ihm. Erzähl ihm, wie gut wir es zusammen hatten, sag ihm, dass ich nicht gelitten habe, dass ich doch nie älter als fünfzig hätte werden können. Sag ihm, dass ich ihn lieb habe, dass ich ihn liebe, meinen Frans, meinen Sohn.«

Und so ist Branca Winter am 6. April 1943 in der Verbannung gestorben. Yvette Duclos ist ihr kurz darauf gefolgt, und nach deren Tod hat eine Frau Frans Winters Adresse und die Sterbeurkunde seiner Mutter in Yvettes Tasche gefunden und alles in deren Namen an das Hauptquartier der Niederländischen Marine in London geschickt.

15
Vom Rädertier zum Stichling

Genügte es einfach zu lieben,
dann wären die Dinge zu simpel. Albert Camus

»Antoni van Leeuwenhoek«, sagt das Rädertier, »kannst du mir ein bisschen mehr über mein Geschlecht sagen? Ich weiß, dass wir unsterblich sind, aber was mich vor allem quält, ist der Gedanke an ein Rädertier als Familienvater.«

Der Gelehrte sieht ihn an. »Machst du dir Sorgen?«, fragt er, »ich will versuchen, dir zu helfen. Hier ist ein Mikroskop, komm mit ans Licht und betrachte dich durch dieses Wunderglas. Sieh, wie du die reine Bewegung bist. Und jetzt lies, was ich über deinen Kauapparat geschrieben habe. Aber nein, mein Junge, um meine Handschrift zu entziffern, brauchst du kein Vergrößerungsglas. Wir werden uns direkt ins Mondlicht stellen.« »Gut«, sagt Rädertier, und höflich: »Haben Sie herzlichen Dank«, als van Leeuwenhoek ihm den Brief zum Lesen reicht. »Laut, junger Mann.« Und Rädertier: »An diesen Tierchen fand ich ungefähr an jener Stelle, welche wir bei uns die Brust nennen würden, ein kleines rundliches Ding, welches sich derogestalt bequemlich öffnete und schloss, als wenn wir ein einsilbiges Wort aussprächen, und in welchem ich das Herz des Tieres erkennete.« »Mein Kauapparat ist also ein pochendes Herz. Oh, das habe ich nicht gewusst. Ich habe ein Herz … ein Herz …«

»Genau deshalb wolltest du mich doch sprechen, mein Sohn, es ist das Herz, das dich bedrückt. Du weißt nicht recht, was du damit anfangen sollst. Ich werde dir die Lösung nennen«, sagt Antoni, »die Lösung für dein Leben. Zieh dich an und folge mir.«

»Kann ich nicht im Schlafanzug gehen?«, fragt das Rädertier, »es ist heute Nacht nicht kalt und ich befürchte, dass ich sonst Wichtel aufwecke. Das Schloss am Schrank, in dem mein Anzug hängt, braucht dringend ein paar Tropfen Öl. Und der Schlafanzug ist schön, kornblumenblau, mögen Sie die Farbe?«

Antoni van Leeuwenhoek lacht ihn freundlich an. »Bist du ein Mann oder ein Kind? Komm, mein Junge.«

Sie treten aus dem Haus und gehen zusammen durch die Straßen. Irgendwo steigen sie auf einen Pferdewagen. Der Gelehrte ergreift die Zügel. »Nicht so schnell, nicht so schnell«, ruft Rädertier, und kaum hat er diese Worte ausgesprochen, schwankt der Wagen, legt sich mit Schwung in eine Kurve, das Pferd geht durch, galoppiert gegen die Kirche und stürzt zu Boden. »Ist es tot?«, fragt Rädertier. »Ja, das war nun mal so vorbestimmt«, sagt Antoni van Leeuwenhoek und streicht dem Tier über den Kopf, »etwas Wunderbares für die Wissenschaft, so ein frischer Kadaver.«

Er schleppt das Tier in die Kirche und versteckt es dort unter einer Bank. »Schade«, sagt er, »dass es keinen Apparat gibt, um meinen Freund umgehend zu benachrichtigen. Ich werde ihm schreiben und versuchen, einen Kurier zu finden. Komm, lass uns beten.«

»Ich kann nicht beten«, sagt das Rädertier, »was soll ich sagen?« »Was dir in den Sinn kommt.« »Ist denn Gott damit zufrieden?« »Gott hört alles, ob er sich damit zufriedengibt, ist etwas anderes. Vergiss niemals: Beten bringt Glück.« Rädertier faltet die Hände und murmelt: »Gib mir die Kraft, oh lieber Herr, ohne großen Schmerz Abschied von meinem kleinen Wichtel zu nehmen … Um was haben Sie gebeten, Antoni van Leeuwenhoek?« »Um eine Verlängerung meines Lebens, auf meinem Programm stehen noch so viele Forschungen, die kann ich nie alle abschließen.«

Sie kommen jetzt in eine Allee. Rädertier beobachtet einen kleinen Vogel, der ihm folgt, er hat einen Wurm im Schnabel. »Der sorgt für seine Familie«, bemerkt Antoni, und Rädertier errötet, ihm wird ganz heiß davon. Bei der Rast am Ufer eines kleinen Flusses lädt ihn der Gelehrte ein, sich kurz zu setzen. Überall ist Moos, Rädertier mag das, er vergräbt seine Nase darin, es ist ein Geruch, der ihn an etwas erinnert, er weiß nur nicht mehr woran, ja, doch, er weiß es wieder! Aber das wagt er dem weisen Mann nicht zu sagen. Wieder wird ein Vergrößerungsglas hervorgeholt, ein gewaltiges Vergrößerungsglas. »Das Moos ist ein bisschen trocken«, sagt van Leeuwenhoek, »aber ich werde doch ein Stück von dem ›verdorrten Schmutz‹ mit nach Hause nehmen. Die Rädertiere befinden sich im Zustand der Trockenstarre.«

»Nach Hause, nach Hause, wir haben aber kein Pferd mehr, Antoni, und ich bin so müde.« Er streckt die Beine; nur was ist das? Antoni van Leeuwenhoek bindet ihm zwei Äste an die Schultern und ebenfalls zwei an seine eigenen, und dann steigen sie auf und fliegen. Es ist so herrlich kühl, aber Rädertier schützt mit der Hand das verwöhnte Ohr, es könnte sonst Zug bekommen. Zurück in van Leeuwenhoeks großem Studierzimmer, wird Rädertier zuerst eine Tasse Kaffee serviert, er schmatzt vor Wonne. Als er sich dabei von seinem Gastgeber beobachtet sieht, stammelt er: »Eigentlich habe ich wirklich gute Manieren, mein Großvater war auch eine Art Gelehrter, aber anders als Sie. Dieser Kaffee, verstehen Sie, nach dem habe ich mich die ganze Nacht gesehnt, aber ich habe nicht gewagt, darum zu bitten. Wie spät ist es eigentlich?«

»Das ist unerheblich, du musst sowieso noch eine Weile hierbleiben, weil ich dir nämlich ein Wunder zeigen möchte.«

»Das geht nicht«, antwortet das Rädertier, »das geht absolut nicht, ich muss in mein Büro, außerdem würde sich Wichtel schreckliche Sorgen machen.« *»All right«*, sagt Antoni, »dann werde ich gleich damit beginnen, dir von meinen Erfahrungen zu berichten. Ich bewahrte also das Stück ›verdorrten Schmutzes‹ auf und goss fünf Monate später … abgekochtes und dann wieder erkaltetes Regenwasser darauf und sah bereits nach etwa einer halben Stunde ein Tierchen im Wasser schwimmen, während viele andere in ihrer kugligen Gestalt noch dort lagen, von denen mehrere drei Stunden später …« Und dann sagt er, dass offenbar »… die Tierchen mit einer Haut von einem Stoffe erschaffen seien, welcher ein Ausdünsten nicht erlaube … !«

Nun nimmt der immer überschwänglichere van Leeuwenhoek ihn abermals mit in den Garten; am Himmel steht noch immer ein heller Mond, wie spät es wohl ist, wie spät mag es wohl sein? In dem kleinen Pavillon, zu dem er ihn führt, liegt etwas auf dem Tisch, und Antoni spricht weiter: »Nun ließ ich aus dem Wasser vor meinem Hause Entengrütze holen, nur um des Vergnügens willen, sowohl die Tierchen, welche sich an die Wurzeln des Entengrüns geheftet hatten, zu betrachten als auch jene, welche auf dem Pflänzgen liefen. Dabei sah ich Tierchen, von welchen das Köcherlein an ihrem unteren Ende ein wenig dicker war als ein Haar von unserem Kopfe; und andere, deren Köcherlein aus lauter runden Kügelchen bestand, welche klar zu erkennen waren. Deroweil ich eine geraume Zeit auf eines dieser Tierchen starrte, bis mich eine Müdigkeit ergriff, sah ich …«

Dann erklärt er Rädertier ganz genau, wie das Tierchen sein Haus ein jedes Mal mit einem runden Kügelchen vergrößert … »Und wo nun das Tierchen sein Kügelchen östlich seines Köcherleins setzte, so setzte es ein solches das darauffolgende

Mal südlich davon oder gar gen Norden; auf welche Weise das Köcherlein sich in seinem Umfange ansehnlich vergrößerte … Und damit bin ich dort angekommen, wo ich hinwollte«, sagt er darauf, »dieses Jedes-Mal-ein-Kügelchen-Hinsetzen hat eine Bedeutung. Für dich, Rädertier, ist dieses Kügelchen das Symbol für deine Familie. Das Symbol für Kinder, die mit ihrem Vater und ihrer Mutter in einem Haus leben. War es nicht das, was dir das Herz schwer gemacht hat?« »Ja«, antwortet Rädertier leise, »ich muss zu Marjolijn zurück, zu Annette und Kareltje. Das Leben hier mit Wichtel war ein Spiel der Phantasie. Ich muss zurück …«

»Darf ich dir einen Rat geben, mein Junge«, sagt Antoni van Leeuwenhoek und legt vertraulich einen Arm um Rädertiers Hals. »Allein mit diesen Kügelchen ist es aber nicht getan, da musst du mir Recht geben. Du musst ein anderer werden. Werde ein Stichling, ein dreistachliger Stichling.«

»Warum?«, fragt er, »ich habe mich gerade als Rädertierchen so gut gefühlt.« »Wenn ich dir etwas rate, mein Kind, dann verfolge ich damit eine Absicht. Es könnte nämlich sehr gut sein, dass deine Frau dich nach einer so langen Trennung wegen jeder Kleinigkeit anherrscht.«

»Ja, ja, woher wissen Sie das?«

»Nun ja, bei einem dreistachligen Stichling sind die Kiefer auf einem schmalen Streifen mit samtartigen Zähnen besetzt. Das kann dir nützlich sein, glaubst du nicht auch? Ferner sind die Männchen dieser Art in der Fischwelt außerordentlich gut angesehen. Sie sind überaus eigenartig und ebenso lobenswert wegen ihrer Sorge für die Eier und die Brut. Sie bauen ein Nest, in das ihre Weibchen die Eier ablegen, die sie dann einen Monat lang bewachen, bis die Jungen für sich selbst sorgen können. Viele Männer kümmern sich nicht um ihre Babys, nicht wahr? Sie flüchten vor dem Gequengel …«

»Ja, ja, Meister, aber Kareltje war auch ein besonders lästiger kleiner Junge. Und damals war Krieg, jetzt ist ja schon fast Frieden.«

»Keine Ausreden, junger Freund, folge meinem Rat und du wirst glücklich werden und andere glücklich machen.«

»Wo bist du, wo bist du denn, Antoni van Leeuwenhoek? Wo bist du geblieben?« Plötzlich steht er allein in dem großen Studierzimmer. Was spürt er da auf seinen Schultern? Wieder genau dieselbe Last der Äste, die van Leeuwenhoek ihnen nach dem Eintreffen zu Hause von den Schultern genommen hatte.

»Ich wollte mich bei Ihnen bedanken, Antoni van Leeuwenhoek«, stammelt er. Doch es kommt keine Antwort, und auch das Mondlicht ist verschwunden und hat stattdessen die Morgendämmerung gebracht.

Was bin ich müde, denkt das Rädertier, drückt sich ab und fliegt zurück in sein Zimmer im Haus von Papa Farinet. Ich bin müde, ich will schlafen, bis Wichtel mich mit einem Schinkenbrötchen weckt. Ach, ein Brötchen mit rohem Schinken … Muss ich ihr sagen, dass ich ein Stichling geworden bin? Was soll ich tun?

- Im Fernglas -

Den letzten Samstag verbringen sie gemeinsam. Deshalb ist Rädertier nicht ins türkische Bad gegangen, wie das bisher samstagnachmittags seine Gewohnheit war, sondern hat sich mit Wichtel in der Stadt getroffen, sie nach Soho mitgenommen und dort ein riesengroßes Pferdesteak für zwei bestellt. Doch als er ungefähr die Hälfte seiner Portion verspeist hat, schiebt er angewidert den Teller von sich. »Was ist?«, fragt Wichtel. »Nichts«, sagt er, »mir ist ein wenig schwindlig.« Das Tier, das er soeben mit solchem Appetit verschmaust hat, wird doch nicht das tote Pferd sein, das unter die Kirchenbank gestopft wurde? Nein, nein, das kann nicht sein, Antoni van Leeuwenhoek hat schließlich gesagt, er werde einem Kurier ein kurzes Schreiben mitgeben, um das Tier für wissenschaftliche Zwecke abholen zu lassen. Aber sind sie eigentlich einem Kurier begegnet?

»Komm mit, Wichtel«, sagt er, ruft die Bedienung und zahlt. »Wir gehen bei Lyons *fish and chips* essen.«

»Es ist ein Stichling«, sagt Wichtel, als das Essen aufgetragen wird. »Und was für einer«, antwortet er, »dazu noch ein dreistachliger. Und ein Männchen. Nimm nur schnell ein Trifle zum Nachtisch und lass uns nicht länger darüber reden.«

Er benimmt sich öfter ein wenig sonderlich, denkt sie, ich werde nichts fragen. Dann ergreift er plötzlich ihre Hand. »Danke, Wichtel, dass du so gut für mich gesorgt hast. Weil ich deinen Ratschlägen gefolgt bin und so sparsam gelebt habe, kann ich jetzt hier auf der Bank ein bisschen Geld für meinen Sohn anlegen. Den schicke ich später nach England. Würdest du für mich noch etwas erledigen? Hilfst du mir, ein paar Kleider und Spielsachen für Marjolijn und die Kinder zu kaufen? Nach all den Jahren werden sie die bestimmt sehr nötig brauchen.«

»Ja, Rädertier«, sagt sie, und dann noch einmal ganz langsam: »Ja, unsterbliches Rädertier.« An diesem Samstagnachmittag haben sie die Einkäufe nicht mehr erledigt. Stattdessen sind sie Hand in Hand gleich nach Hause gegangen.

16
Die Puppe wird Henriëtje getauft

»Es ist noch nie jemand mit einem offenen Koffer auf Reisen gegangen«, sagt Wichtel und tanzt in Schuhen auf dem Gepäck herum. Rädertier schaut auf das Pyjamahosenbein, das sich immer wieder durch irgendeine Öffnung schiebt, nun lugt da wahrhaftig auch noch ein Ärmel heraus. »Am besten, wir packen um«, sagt er, »so wird das nie etwas.« Sie kippen den Kofferinhalt auf den Fußboden und Rädertier entdeckt einen Schal, der nicht ihm gehört, sondern Wichtel, es ist der rote, von ihrer Mutter gestrickte Wollschal, den er am Räubersonntag tragen durfte. Das war kein Versehen von Wichtel, da ist er sich sehr sicher und sagt deshalb nichts.

Zwei Menschen umarmen sich vor einem offenen Koffer, wie es nur ein bevorstehender Abschied mit sich bringen kann, ohne Leidenschaft, sogar ohne Verlangen, nur mit Angst im Herzen. Sie reißt sich los und stellt sich vor den Spiegel, um sich die Haare zu kämmen. Tränen kullern ihr einfach so über die Wangen. Sie wäscht sie hinter dem Wandschirm mit kaltem Wasser weg, dann pudert sie sich und schnäuzt sich die Nase. Und er ruft: »So beeil dich doch!«, in einem Ton, den sie noch nie von ihm gehört hat.

Papa Farinet klopft und bringt eine große Tüte Kekse.

»Dort drüben werden Sie bestimmt mal Hunger haben«, sagt er und klopft ihm auf die Schulter. »Machen Sie sich nur keine Sorgen, ich werde gut für Mrs. Bas sorgen und darauf achten, dass sie jeden Abend zu Hause bleibt.« Er hat wieder ein bisschen zu viel getrunken und schwankt mit seinem langen, mageren Körper aus dem Zimmer. »Ein prima Kerl«, sagt das Rädertier, »und du kannst sicher sein, dass er dich nicht Miss nennen wird, auch wenn du von jetzt an allein bist. Weiter weiß ich nichts. Und wenn du nicht heiraten solltest, vergiss nicht, dass ich dir versprochen habe, auf deinem Grabstein aus dem hässlichen ›Miss‹ ein vornehmes ›Mistress‹ zu machen, zumindest, wenn du vor mir stirbst.«

Lauter solche Sätze sagen sie zueinander, sie wollen keine Gefühle, sie reden sie nieder. Aber Wichtels Hand, in der wieder einmal ein frisches, knuspriges Brötchen mit Butter und rohem Schinken liegt, ein Brötchen, das sie schon sehr früh am Morgen geholt hat, bringt alles wieder durcheinander. Sie füttert ihn damit, aber das Schlucken fällt ihm schwer; in der anderen Hand hält sie ein Glas kalte Milch, damit spült er die Brocken hinunter, bis er immer wieder mit derselben fremden Stimme schimpft: »Verdammt, ich bin doch kein Baby, das du vollstopfen musst!« Sie antwortet nicht und belädt ihre Arme mit Büchern, die nicht in den Koffer passen und deshalb dableiben müssen, und will sie in das kleine Zimmer bringen, das das Rädertier pro forma gemietet hatte, das jedoch nie etwas anderem diente als dem Einquartieren von Logiergästen. »Nein, lass mich das machen«, sagt er dann, »lass mich noch einmal das gefährliche Spiel spielen, nackt über den Gang zu flitzen und durch reine Gedankenkonzentration die Leute fernzuhalten.«

Hopphopp, wie ein junger Hund flitzt er jetzt durch den Flur, und als die Tür zuschlägt, kommt Papa Farinet genau in diesem Moment die Treppe vom Souterrain heraufgetapert, was hat er da gesehen? Ein nacktes Bein … Aber ach, das könnte auch an seinem verwirrten Kopf liegen. Und wenn es das Bein von Mister Winter gewesen sein sollte, er war doch ein zuverlässiger Bursche und es tut ihm leid, dass er jetzt auszieht. Und was diese Miss Bas angeht, die kann bleiben, wenn sie sich nicht wieder einen anderen ins Haus holt. Das würde er nicht dulden, auch wenn sie weiter die Miete bezahlt, sogar mehr für das bezahlt, wovor er monatelang die Augen zugedrückt hatte.

Jetzt ist der Augenblick gekommen, an dem sie das Haus verlassen müssen. Am Koffer hängt ein Namensschild: »Frans Winter, Eindhoven«. Rädertier steht an der Tür. Noch einmal blickt er auf dieses fremde Zimmer zurück, auf den invaliden Sessel. Die Uhr tickt, das ist das einzige Geräusch. Er geht zum Kamin und nimmt die Kerze, die gestern noch gebrannt hat, aus dem Leuchter. »Niemand soll mehr bei diesem Licht sitzen«, sagt er. Heute fehlt ihm ein Radio, er würde gern ein Lied hören, um pfeifend weggehen zu können, aber schließlich steht er plötzlich doch draußen.

»Wichtel!«

»Rädertier!«

Dann tritt auch sie aus dem Haus und ein Taxi fährt sie durch die Straße, durch die sie in so vielen Nächten gerannt sind, um in der »Underground« Schutz zu suchen. Sie kommen zum Green Park, geben den Koffer auf und legen sich nebeneinander auf das feuchte Herbstgras. Dann sagt er plötzlich: »Ich will zum Hyde Park, zu der Bank, auf der wir bei unserer ersten Begegnung gesessen haben.« »Aber Rädertier, dafür ist wirklich keine Zeit mehr, und warum willst du jetzt damit anfangen, Erinnerungen aufzufrischen, wo du doch alles möglichst schnell vergessen musst?« »Vergessen«, sagt er und sieht sie an, »vergessen«, und zuckt mit den Schultern. Er hat ein Staubkorn ins Auge bekommen und sie zieht sein Lid nach unten, dann wieder nach oben, und mit dem anderen Auge beobachtet er, was sie tut; es ist schon längst weg, das Staubkorn, aber er sagt doch noch: »Autsch, Wichtel«, denn sie wird ihn nie mehr so berühren, wird sich nie mehr mit seinem Körper beschäftigen, weder wenn er krank noch wenn er gesund ist …

In seinem Büro nehmen sie die Bilder von den Wänden. Die Reißzwecken sind verrostet und er greift zur Schere, sie zum Brieföffner. Da fällt die Indonesierin mit den Birnenbrüsten zu Boden; schnell steckt er den Druck in seine und Wichtel das Bild des Papua, dem er einen Schnurrbart aus ihren Locken angeklebt hat, in ihre Tasche. Und alle alten Papiere kicken sie in eine Zimmerecke, es wird ein großer Haufen, ein bunter Haufen, und er wirft sie obendrauf und packt sie an den Schultern, doch dann ruft er plötzlich: »Au, au, einen Augenblick!«, und verschwindet. Das ist nichts Ungewöhnliches, nur kommt er diesmal nicht wieder und die Zeit vergeht und unten in dem leeren Gebäude (es ist Lunchpause) wartet der Koffer. Der Portier ruft an, das Auto, das Meneer Winter zum Flughafen bringen soll, wartet vor dem Eingang. Und sie hämmert gegen die Tür, hinter der sich das Rädertier versteckt, und ruft: »Wenn du dich nicht beeilst, verpasst du noch das Flugzeug, so komm doch, komm doch endlich heraus!« »Wenn du nicht den Mund hältst, schmeiß ich dich die Treppe runter«, brüllt er, und sie holt den Aufzug und schiebt ihn in die Kabine. Aber er wehrt sich.

»Was soll das denn, Rädertier, du bist doch ein Delegierter, der nach Holland repatriiert wird. Ein wichtiger Mann, aber man bekommt den Eindruck, dir ist die ganze Bedeutung einer solchen Auszeichnung egal!« Und wieder schiebt sie, jetzt ist er drin, sie schließt die Tür, und während sie die acht Stockwerke nach unten fahren, sagt er: »Wichtel, es ist fast zu viel, sei mir nicht böse, dass ich so gebrüllt habe, Wichtel, wir gehören doch zusammen.« »Mein lieber, lieber Junge«, antwortet sie, »du wusstest es doch, Rädertier, dass es nicht länger dauern würde als bis zum Frieden …«

Sie bekommt frei, um ihn zum Flughafen begleiten zu können. Es nieselt. Rädertier legt sich den Regenmantel über die Schultern, wie ein Junge, der sein Cape überzieht.

Schau genau hin, Wichtel, es ist das letzte Mal, dass du das siehst, kein anderer Mann wird je solche Bewegungen machen, schau doch, Wichtel, siehst du meine traurigen Augen, siehst du mein bleiches Gesicht, meine Hände, die dich hochheben und mitnehmen wollen, siehst du meinen Mund, Wichtel, gleich fängt meine Unterlippe zu zittern an, gleich werde ich dich küssen, dir einen letzten, allerletzten Kuss geben, wie viele hast du wohl von mir bekommen?

»Was für ein schönes Flugzeug, Rädertier. Was für eine Ehre, dort einsteigen zu dürfen. Denkst du auch daran, dass ich die Puppe für Annette in deinen Flanellpyjama gewickelt habe? Sei vorsichtig beim Auspacken. Wie wird Annette sie nennen?«

»Henriëtje«, antwortet er, »ich werde ihr sagen, dass sie Henriëtje getauft ist.«

Das war das erste und einzige Mal, dass er ihren richtigen Namen ausgesprochen hat. Und das ist der Abschied: das Flugzeug und Henriëtje. Auf dem Rasen steht kein Wichtel mehr, da steht Henriëtje Bas, die Frans Winter, ihren guten Kameraden, begleitet hat.

Er muss jetzt einsteigen, er kann ihr nicht einmal mehr einen Kuss geben. Trotzdem streift er noch kurz ihre Wange, seine Lippen sind kalt. Dann dreht er sich um. Da steht sie im Herbstwind und schaut. Er bekommt einen Fensterplatz und kann sie weiter betrachten. Er lacht, und sie lacht zurück, sein Mund sagt: »Wichtel!«, und sie ruft: »Rädertier!« Dann steigt das Flugzeug auf und wird vom weiten Himmel verschluckt.

Sie bleibt einfach stehen, ihre Locken wehen hoch, als wollten sie ihm folgen. Jemand zieht sie am Ärmel und sagt: »Das Auto wartet.«

17

Nur noch für das, was wächst und blüht

Zwischen den Wolken und dem blauen Himmel sitzt er da, mit den Händen auf den Knien, den Sicherheitsgurt festgezurrt, und versucht, auf dieser Luftreise sich selbst wiederzufinden. Nicht den Dichter, der vor zwei Jahren über die Berge gegangen ist, nicht das Rädertier, das unlösbar mit dem Wichtel verbunden war und nunmehr durch die Trennung von Wichtel auf Nimmerwiedersehen verschwunden ist, sondern den Menschen, zu dem er durch diese Kriegsjahre geworden ist, ein reifer Mann. Und so verdrängt er jegliche Erinnerung, um zur Erkenntnis dieses Augenblicks zu gelangen: Ich war ein Flüchtling, ich wurde ein Rädertier, ich habe mich zum Stichling bekehrt, ich bin jetzt ein neues, funkelnagelneues Wesen ohne Namen.

In ihm ist keine Freude mehr, keine Trauer, kein Verlangen, keine Reue. Er fliegt durch die Wolken und fühlt sich wie neugeboren. Für alles interessiert er sich, er muss jetzt selbst herausfinden, wo die Dinge herkommen und wozu sie gut sind. Während er den Ledergurt, hinter dem er sich sicher fühlt, betastet, beginnt er bei der Kuh und endet beim Arbeiter, der diesen Gurt am Sitz befestigt hat. Als er dann ein Sandwich bekommt, mit einem Salatblatt dazwischen, beginnt er bei der Erde. Und weil er im Pass eines Mitreisenden den Namen Trasléglise liest, fragt er nach der Herkunft dieses Wortes und ist erfreut, als der Mann neben ihm erklärt: »Also das verhält sich so, früher war es Transléglise, verstehen Sie, meine Vorfahren haben jenseits der Kirche gewohnt, was für mich übrigens Grund genug war, nie einen Fuß dorthin zu setzen.«

»Vielen Dank, ich danke Ihnen«, sagt das Rädertier, und er bekommt obendrein noch eine Zigarette und denkt: Wenn sie aufgeraucht ist, sind wir schon im Sinkflug in mein Vaterland.

Häuser, oder besser Hausdächer, können natürlich nicht lachen, und bestimmt nicht nach oben, aber ihm scheint dennoch, sie würden ihm aus vollem Halse zulachen und ihn hinabziehen, über die grünen Felder hinweg auf den Erdboden. Und als er durch die kleine Kabinentür tritt, sagt er leise: »Sie hatte das Rädertier im Geheimen geliebt, dann öffnete sich das Fensterchen ...«

Marjolijn erwartet ihn mit Annette und Kareltje, der sich von einem schmollenden Baby zu einem richtigen Jungen entwickelt hat. Er hat keine Angst vor seinem Vater, und beide Kinder erkennen ihn gleich, denn vor dem Schlafengehen haben sie seinem Foto immer einen Gute-Nacht-Kuss gegeben. Er nimmt sie auf den Arm, Annette ist schon fast zu groß dafür, und sie sagen: »Guten Tag, Papi, guten Tag, mein lieber Papi ...«

Marjolijn steht vor ihm, und was er wieder in ihr sieht, jetzt noch mehr als früher, ist die Glucke. Ich will ein drittes Kind, denkt er, ein viertes, und wenn es geht, noch ein fünftes. Als Annette noch ganz klein war, konnte ich stundenlang mit ihren Füßchen spielen. Ich habe sogar einmal mit einem Füßchen in der Hand ein Gedicht geschrieben. Mit Kareltje war es anders; am Tag seiner Geburt war ich schon in Unruhe wegen meiner bevorstehenden Abreise. Fünf, vielleicht auch sechs Kinder, wir werden eine große Familie sein und Marjolijn wird ihren Stammplatz am Tisch haben: Links von ihr muss die Suppenschüssel stehen, und jeden Abend wird sie unsere Teller vollschöpfen. So werden wir jetzt zusammen alt werden. Er muss seine Frau immer wieder ansehen, sie hat sich nicht verändert, ist nicht älter, nicht jünger geworden, ihre Lippen sind noch genauso voll. Eifersucht steigt in ihm auf, sie wird doch nicht …

»Hast du mich betrogen?«, fragt er sie am Abend, als sie wieder in seinen Armen liegt. »Nein«, sagt sie, »Gelegenheit gab es schon, aber ich habe es nicht getan. Ich bin vor allem eine Mami geworden und außerdem, es wäre nicht fair gewesen, während du dort allein warst. Hast du mich denn betrogen?«, fragt sie zurück. »Nein«, antwortet er prompt, »ich habe mich mit einem kleinen Wichtel vergnügt. Das war alles. Es war ein gutes und liebes, aber fremdartiges kleines Wesen. Es hat mich gesund gehalten und reifen lassen. Es war für mich Sonne und Regen zugleich. Jetzt ist es wieder in die Wälder zurück, in der Nähe von Bramley. Aber das sagt dir nichts, denn du kennst England ja nicht.«

»Wir werden zusammen hingehen, Frans.«

»Nein«, antwortet er, »ich will nicht mehr dorthin zurück.« Was singt denn da in meinem Kopf? … Er hat seinen Wichtel im Flugzeug getötet und in London begraben. Als ob Rädertier das Herz stehenbliebe … »Nein, ich will nicht mehr dorthin zurück.«

»Na los«, drängt sie kurz darauf, »das gibt es doch nicht, dass ein Mann mit deinem Temperament allein geblieben ist. Außerdem bist du beim Lieben ganz anders als früher. Viel sanfter, aber auch passiver. Na los, Frans, sag es mir.«

»Aber ich habe es dir doch gesagt.« So muss man's machen, denkt er, und seine Mundwinkel kräuseln sich in männlichem Stolz, man gibt es direkt zu, ganz klar, ganz ehrlich, und keine Frau glaubt einem. Der Weg zur Lüge führt über die Wahrheit. Jetzt sagt sie, dass sie nicht schlafen wird, bevor sie alles erfahren hat. Wer hat ihn versorgt, dass er so ordentlich aussieht? Wer hat seine Socken so fein gestopft, eine Näherin, nein, die macht das niemals so schön. Die Löcher sind, gelinde gesagt, mit inniger Sympathie gestopft. Wie können seine Nägel so gepflegt sein, er, der sie immer hat wachsen lassen, wenn sie nicht hinterher war? Und sein Haar duftet, wer hat ihm das Parfüm gegeben? »Den Anzugstoff hast du garantiert auch nicht selbst ausgesucht, Frans.«

»Los, schlaf endlich«, gähnt er, »das kommt alles von dem kleinen Wichtel, und wenn du mir zuhören würdest, könnte ich dir noch viel mehr von ihm erzählen. Aber nicht jetzt, ich bin müde.« Er nimmt sie wieder in seine Arme, aber sie windet sich heraus. »Hast du das Kleid gesehen, das ich anhatte?« »Ja«, sagt er, »wirklich sehr schön.« »Das hat mir ein Mann geschenkt.« Ihre Worte zeigen keinerlei Wirkung. »Das ist gelogen«, gibt er zurück und denkt nur: Was sind Frauen doch anstrengend. »Ja, ich lüge, aber du hast auch gelogen.« »Stimmt nicht.« »Stimmt doch.«

In der Nacht rüttelt sie ihn wach. »Phantasierst du?«, fragt sie. »Was?« »Du hast laut geträumt!« »Was hast du denn gehört?« »Du hast gerufen: Wie nennst du ihn?« »Das ist komisch«, sagt er und dreht sich um, »wie nennst du ihn? Wie nennst du ihn?«, und schläft wieder ein.

Es ist nicht so schwer, in einem Flugzeug jede Erinnerung zu verjagen, doch das Leben auf der Erde bringt Erinnerungen zurück, denen nicht einmal ein funkelnagelneues Wesen ohne Namen entkommen kann. Als das Rädertier seine Brieftasche aus der Weste nimmt, um Marjolijn Geld zu geben, denkt er an Wichtel, an ihre Worte: Andere Frauen verlangen Geld, zu mir musst du nur Wichtel sagen, Wichtel, mit besonderer Betonung der zweiten Silbe ... Und ein solcher Gedanke reicht aus, um ihn wieder stundenlang in die Vergangenheit zurückzuversetzen. Die Brieftasche riecht noch nach Kuh, nach dem Leder des vergangenen Jahrhunderts, nach Piccadilly und West End und natürlich auch noch nach einem schläfrigen Wichtel. Er will sie vergessen, aber mit Marjolijn gelingt das nicht. Sie ist zwar ausgeglichen und liebevoll, und nach der ersten Nacht hat sie auch kein Wort mehr über seine mögliche Untreue verloren.

Aber er vermisst etwas, und wenn er es greifen könnte, würde er sein Leben so gestalten, dass diese Lücke ausgefüllt werden könnte. Eine Lösung gibt es schließlich immer. Oberflächlich betrachtet hat Marjolijn wirklich alles, was man sich wünschen kann. Man soll natürlich nie zwei Frauen miteinander vergleichen, das ist der schlimmste Fehler, den man machen kann, und außerdem kann man sich dabei auch gewaltig täuschen, denn oft fällt der Vergleich anders aus, als man gedacht und vielmehr sich auch gewünscht hatte. Aber was, was fehlt Marjolijn dann um Himmels willen? Sie ist Ehefrau und Mutter, oder Mutter und Ehefrau, und sogar ein bisschen Geliebte. Sie erledigt den Haushalt, versorgt die Kinder, beschäftigt sich mit moderner Pädagogik, ist auf ihre Weise wohltätig, denn in ihrer Küche steht eine große Tasse mit »Gott ist barmherzig« in roten Buchstaben, in die sie an kalten Tagen heißen Kaffee gießt und an warmen Tagen Limonade, für jeden Lieferanten und wer sonst noch an ihre Tür klopft. Sie ist eine liebevolle Gastgeberin, sie schreit nicht, spielt Cello, liest, was man ihr in die Hand drückt, und knipst abends, wenn er für sich arbeiten will, die Schirmlampe an, damit er sie nicht sieht.

Sie hat auch etwas Kokettes, sie versteht sich gut zu kleiden. Sieh nur, gerade zieht sie dieses hellgraue Kleid an, genau in der Farbe ihrer Augen. »Das haben wir zusammen gekauft, nicht wahr, Liebling? Ein paar Jahre vor dem Krieg, und es ist immer noch modern.« Sie sieht aus wie das blühende Leben, Marjolijn, sie ist mit ihm glücklich, sie blüht wie eine Blume. Aber sie wächst nicht, sie wächst einfach nicht! Jetzt weiß er es, jetzt weiß er, was er vermisst. Ein neues, funkelnagelneues Wesen ohne Namen sucht seinen Weg an dem entlang, was wächst und blüht …

Und von diesem Moment an verbringt er Stunden mit den Kindern, beobachtet sie, und Annettes und Kareltjes Liebe verlagert sich allmählich auf ihn und entfernt sich von der Mutter. Sie sagt: »Braucht man eigentlich Kinder, damit eine Ehe gut bleibt?« Und er antwortet: »Denkst du, dass es ohne unsere Kinder besser wäre?« »Ja«, ihre Augen wenden sich von ihm ab, »ja, denn ich verliere sie durch dich, und dich durch sie.« »Komm, komm, Marjolijn, das stimmt nicht.« Er zieht sie auf seinen Schoß.

Frans, was willst du eigentlich? Würde sie wachsen, würde sie doch größer werden als du, was willst du eigentlich, Frans, wenn sie wachsen würde, könntest du sie nie mehr auf den Schoß nehmen, dann wären deine Arme zu kurz für eine einfache Umarmung.

Kareltje drängelt sich dazwischen. »Ich will da sitzen«, sagt er und schiebt seine Mutter weg. Danach hat Frans sie nur noch liebkost, wenn die Kinder nicht dabei waren.

Aber nicht nur das Mädchen und der Junge wachsen und blühen, da sind auch noch der Hund und die Katze, die ihm entgegenlaufen, wenn er abends nach Hause kommt, und ihn schwanzwedelnd und miauend begrüßen. Da ist auch der Garten, den er pflegt, den er im Winter bewacht und im Frühling mit seinem Spaten wachrüttelt. Da ist seine Geige, seine Musik, Töne, die sich entwickeln und Wärme verbreiten, Finger, die sich beim Griff in die Saiten strecken. Und da sind die Worte, die er auffängt, hier und da, und zu einem Gedicht arrangiert.

Die Zeit geht weiter, er lebt glücklich und still. Seine Ehe ist nicht wie so viele Ehen durch den Krieg zerbrochen. Er lebt neben Marjolijn, freundlich und wohlwollend neben ihr her. Einmal hat sie zu ihm gesagt: »Du hast etwas gegen mich, aber was?« »Du wächst nicht«, hat er geantwortet, »du blühst nur, aber das ist nicht von Dauer.« Darüber musste sie herzlich lachen, und das hat ihn sehr gefreut, denn er möchte keinem wehtun. Es gab für sie auch keinerlei Grund zur Eifersucht, er erwies sich als guter, treuer Ehemann. Als Vater für Annette und Kareltje hätte sie ihn vielleicht genauso gern nur auf einem Foto gehabt. Denn sie wuchsen in seinen Armen wie die Zweige eines Baums. Sie sorgte nur für die Nahrung …

- Im Fernglas -

Er hat es nur vergessen.
Charles Péguy

Das ist für ihn der Weg gewesen, der ihn zum Vergessen führen sollte. Nie hat er versucht, Wichtel wiederzutreffen, wohl hat er ihr kurz nach seiner Abfahrt ein paar Briefe geschickt, ohne aber eine Antwort zu wollen. So erfuhr er nichts mehr von ihrem Leben. Bis er eines Tages durch das Amsterdamer Judenviertel spazierte. Es war das erste Mal, dass er sich hier die Verwüstungen ansah. Leichenblass und entsetzt blieb er immer wieder vor Häusern und Geschäften stehen, wo einst Juden gewohnt hatten, ihren Beruf ausgeübt und Handel getrieben hatten. Die Straßen waren still, und die wenigen Passanten, denen er begegnete, wirkten wie Fremde in diesem Viertel. Er sah sich wieder als Kind, wie er samstagnachmittags mit seinem Großvater hier herumgelaufen war. Wie sie zusammen in einem der wenigen Lokale, die an diesem Tag geöffnet waren, Limonade tranken. Und Großvater bestellte einfach, ohne zu bezahlen.

Heute ist Sabbat, wissen Sie das denn nicht, aber mein kleiner Junge hat solchen Durst. Am Montag werde ich Ihnen das Geld bringen. Sehen Sie, heute habe ich nichts bei mir außer einem Taschentuch, das in meinen Gürtel gerollt ist. Das ist erlaubt. Und er durfte so viel Limonade trinken, wie er nur wollte, nicht die prickelnde, die war für alte Leute, sondern die aus süßer Grenadine. Kuchen bekam er nicht, das war schließlich nicht koscher, aber Großvater hatte Schokopastillen dabei; und so saßen sie zusammen und der alte Mann erzählte ihm von den Juden, und wie gut sie es in Holland hatten. In ein paar Jahren wollte er ihm Hebräisch beibringen. Doch schon bald kam ein Sabbat, an dem ihn der Großvater nicht mehr mitnehmen konnte, und noch ein paar Samstage später war er tot.

Beim langsamen Weitergehen trifft er auf ein von Grund auf renoviertes Ladengeschäft: »Im Paradies der Maler« heißt es. Durch ein offenes Fenster hört er eine Schreibmaschine rattern. Er schaut nach oben und sieht die Haare einer Frau, die tippt. Braune, lockige Haare. Wichtel, denkt er, das muss Wichtel sein. Sein Herz beginnt so merkwürdig zu klopfen. Er stellt sich auf die andere Straßenseite, um sie besser betrachten zu können. Sie ist es, er erkennt auch ihre Schultern.

Nun ruhen die Tasten, nun ist es still.

Wichtel, mein kleiner Wichtel …

Aber als sie sich dem Fenster zuwendet, winkt ihm der Weg ins Vergessen.

Ende

Paris – Bréhec-Plouha – Andouillé

Lesen Sie weiter!

Francesca Melandri *Alle, außer mir* Roman

Der neue große Roman der römischen Autorin Francesca Melandri: eine Familiengeschichte, ein Porträt Italiens im 20. Jahrhundert, eine Geschichte des Kolonialismus und seiner langen Schatten, die bis in die Gegenwart reichen.

Aus dem Italienischen von Esther Hansen
Quart*buch*. Gebunden mit Schutzumschlag. 608 Seiten

Lucía Puenzo *Die man nicht sieht* Roman

Diebe haben keine Sommerferien: Ismael, La Enana und Ajo sind noch halbe Kinder, doch als Einbrecher nicht zu fassen – bis die kleinen Gauner an den Luxusstränden Uruguays in große schmutzige Geschäfte hinter glänzenden Fassaden geraten. Ein packender Roman mit einem unvergesslichen Trio.

Aus dem argentinischen Spanisch von Anja Lutter
Quart*buch*. Klappenbroschur. 208 Seiten

Rita Indiana *Tentakel* Roman

Ein karibischer Roman vom Strand der Zukunft – und die uralte Frage, brennend wie der Kuss einer Seeanemone: Wer ist Ich?

Aus dem dominikanischen Spanisch von Angelica Ammar
Quart*buch*. Klappenbroschur. 160 Seiten

Milena Michiko Flašar *Herr Katō spielt Familie* Roman

Endlich Zeit. Er könnte nun das alte Radio reparieren oder die Plattensammlung ordnen. Doch als er der jungen Mie begegnet, die ihm ein seltsames Angebot macht, beginnt er die Dinge anders zu sehen. Ein zarter Roman über einen späten Neuanfang und über das Glück.

Quart*buch*. Gebunden mit Schutzumschlag. 176 Seiten

Moderne Klassiker bei Wagenbach

Moische Kulbak   *Der Messias vom Stamme Efraim*   Roman

Kulbak erweckt in seinem 1924 erstmals erschienenen Kurzroman die alte litauisch-jüdische Welt eindrucksvoll zu neuem Leben.

Aus dem Jiddischen und mit einem Nachwort von Andrej Jendrusch
Oktav*heft*[8]. Elegante Klappenbroschur. 144 Seiten

Boris Vian   *Die Gischt der Tage*   Roman

Chloé liebt Colin, Colin liebt Chloé. Und doch überleben die beiden ihr eigenes Glück nicht. Ein Klassiker von phantastischer Poesie, eine Geschichte über Liebe und Tod, ein Buch, das selbst längst unsterblich ist und sich in dieser wunderbaren Neuübersetzung liest wie ganz neu erfunden.

Aus dem Französischen neu übersetzt und mit einem Nachwort von Frank Heibert. Oktav*heft*[8]. Elegante Klappenbroschur. 232 Seiten

Johannes Bobrowski   *Levins Mühle*   Roman

34 Sätze über meinen Großvater

Johannes Bobrowski gehört mit seiner Prosa in die Reihe der großen »ostdeutschen« Autoren wie Günter Grass, Hermann Lenz und Uwe Johnson. Sein wirkungsmächtiger Roman »Levins Mühle« (damals lektoriert von Klaus Wagenbach) lässt sich hier in feiner Ausstattung wiederentdecken.

Mit einem Nachwort von Klaus Wagenbach
Oktav*heft*[8]. Elegante Klappenbroschur. 232 Seiten

Panait Istrati   *Kyra Kyralina*   Roman

Voller orientalischer Fabulierlust verleiht Panait Istrati den kleinen Leuten seiner Zeit auf dem Balkan und im Nahen Osten seine kraftvolle Stimme.

Aus dem Rumänischen von Oskar Pastior, mit einem Nachwort von Mircea Cărtărescu. Oktav*heft*[8]. Elegante Klappenbroschur. 160 Seiten

Autorinnen im Taschenbuch

Natalia Ginzburg *So ist es gewesen*

Die lakonisch erzählte Geschichte einer klassischen Dreierbeziehung: Liebe, Leidenschaft, Verzweiflung, Eifersucht – und am Ende ein tödlicher Schuss.

Aus dem Italienischen von Maja Pflug
WAT 773. Broschur. 96 Seiten

Elsa Morante *Arturos Insel* Roman

Elsa Morante hat nicht nur, wie die »Neue Zürcher Zeitung« schrieb, »durch Arturo die Weltliteratur um eine der schönsten Knabengestalten bereichert«, sondern es gelang ihr auch, ein fast vergessenes Italien in farbenprächtigen Bildern festzuhalten.

Aus dem Italienischen von Susanne Hurni-Maehler
WAT 514. Broschur. 432 Seiten

Saphia Azzeddine *Bilqiss* Roman

Die junge Witwe Bilqiss soll gesteinigt werden, weil sie anstelle des (betrunkenen) Muezzin zum Morgengebet gerufen hat und zudem (bewiesenermaßen) Make-up, Stöckelschuhe und sogar einen Lyrikband besitzt.

Aus dem Französischen von Birgit Leib
WAT 781. Broschur. 176 Seiten

Michela Murgia *Accabadora* Roman

Eine Geschichte über Mutter und Tochter, wie sie noch nie erzählt worden ist. Ein Roman, in dem das archaische und das moderne Italien aufeinandertreffen.

Aus dem Italienischen von Julika Brandestini
WAT 768. Broschur. 176 Seiten

Die Originalausgabe erschien erstmals 1948 und erneut 2016 unter dem Titel *Je wist het toch* bei Uitgeverij Cossee in Amsterdam.

Das Foto auf dem Cover stammt von Annelise Kretschmer (1903–1987 in Dortmund), geborene Silberbach, in der Weimarer Republik eine der ersten Fotografinnen mit eigenem Porträtstudio. Die Meisterschülerin von Franz Fiedler und Vertreterin der Neuen Sachlichkeit publizierte in wichtigen Zeitungen und Zeitschriften und nahm gegen Ende der 1920er Jahre an internationalen Fotoausstellungen teil. Als Tochter eines jüdischen Vaters musste sie in der Zeit des Nationalsozialismus Anfeindungen und den Ausschluss aus der »Gesellschaft Deutscher Lichtbildner« über sich ergehen lassen. Das Werk der Fotografin erlebt nun mit neuen Ausstellungen und Katalogen eine Renaissance.

Der Verlag dankt der Dutch Foundation for Literature für die freundliche Unterstützung der Übersetzung.

N ederlands
N letterenfonds
dutch foundation
for literature

Emser Straße 40/41, 10719 Berlin www.wagenbach.de
Umschlaggestaltung Julie August unter Verwendung einer Fotografie von Annelise Kretschmer (Sammlung Fotografie, Folkwang-Museum, Essen) © Christiane von Königslöw. Gesetzt aus der Kennerley Old Style von Sebastian Maiwind. Einband und Vorsatzmaterial von peyer graphic, Leonberg. Gedruckt auf Schleipen und gebunden bei Pustet, Regensburg. Printed in Germany.

ISBN 978 3 8031 3298 7